海上絲綢之路基本文獻叢書

菽園雜記（下）

〔明〕陸容 撰

文物出版社

圖書在版編目（CIP）數據

菽園雜記．下 /（明）陸容撰．-- 北京 ：文物出版社，2022.7
（海上絲綢之路基本文獻叢書）
ISBN 978-7-5010-7590-4

Ⅰ．①菽… Ⅱ．①陸… Ⅲ．①筆記小説－小説集－中國－明代 Ⅳ．①I242.1

中國版本圖書館CIP數據核字（2022）第087629號

海上絲綢之路基本文獻叢書

菽園雜記（下）

撰　　者：〔明〕陸容
策　　劃：盛世博閱（北京）文化有限責任公司

封面設計：鞏榮彪
責任編輯：劉永海
責任印製：張　麗

出版發行：文物出版社
社　　址：北京市東城區東直門内北小街2號樓
郵　　編：100007
網　　址：http://www.wenwu.com
經　　銷：新華書店
印　　刷：北京旺都印務有限公司
開　　本：787mm×1092mm　1/16
印　　張：13.625
版　　次：2022年7月第1版
印　　次：2022年7月第1次印刷
書　　號：ISBN 978-7-5010-7590-4
定　　價：96.00圓

總緒

海上絲綢之路，一般意義上是指從秦漢至鴉片戰爭前中國與世界進行政治、經濟、文化交流的海上通道，主要分爲經由黄海、東海的海路最終抵達日本列島及朝鮮半島的東海航綫和以徐聞、合浦、廣州、泉州爲起點通往東南亞及印度洋地區的南海航綫。

在中國古代文獻中，最早、最詳細記載『海上絲綢之路』航綫的是東漢班固的《漢書·地理志》，詳細記載了西漢黄門譯長率領應募者入海『齎黄金雜繒而往』之事，書中所出現的地理記載與東南亞地區相關，并與實際的地理狀况基本相符。

東漢後，中國進入魏晉南北朝長達三百多年的分裂割據時期，絲路上的交往也走向低谷。這一時期的絲路交往，以法顯的西行最爲著名。法顯作爲從陸路西行到印度，再由海路回國的第一人，根據親身經歷所寫的《佛國記》（又稱《法顯傳》）一書，詳細介紹了古代中亞和印度、巴基斯坦、斯里蘭卡等地的歷史及風土人情，是瞭解和研究海陸絲綢之路的珍貴歷史資料。

隨着隋唐的統一，中國經濟重心的南移，中國與西方交通以海路爲主，海上絲綢之路進入大發展時期。廣州成爲唐朝最大的海外貿易中心，朝廷設立市舶司，專門管理海外貿易。唐代著名的地理學家賈耽（七三〇～八〇五年）的《皇華四達記》記載了從廣州通往阿拉伯地區的海上交通『廣州通夷道』，詳述了從廣州港出發，經越南、馬來半島、蘇門答臘半島至印度、錫蘭，直至波斯灣沿岸各國的航綫及沿途地區的方位、名稱、島礁、山川、民俗等。譯經大師義净西行求法，將沿途見聞寫成著作《大唐西域求法高僧傳》，詳細記載了海上絲綢之路的發展變化，是我們瞭解絲綢之路不可多得的第一手資料。

宋代的造船技術和航海技術顯著提高，指南針廣泛應用於航海，中國商船的遠航能力大大提升。北宋徐兢的《宣和奉使高麗圖經》詳細記述了船舶製造、海洋地理和往來航綫，是研究宋代海外交通史、中朝友好關係史、中朝經濟文化交流史的重要文獻。南宋趙汝適《諸蕃志》記載，南海有五十三個國家和地區與南宋通商貿易，形成了通往日本、高麗、東南亞、印度、波斯、阿拉伯等地的『海上絲綢之路』。宋代爲了加强商貿往來，於北宋神宗元豐三年（一〇八〇年）頒佈了中國歷史上第一部海洋貿易管理條例《廣州市舶條法》，并稱爲宋代貿易管理的制度範本。

元朝在經濟上採用重商主義政策，鼓勵海外貿易，中國與歐洲的聯繫與交往非常頻繁，其中馬可·波羅、伊本·白圖泰等歐洲旅行家來到中國，留下了大量的旅行記，記録元代海上絲綢之路的盛况。元代的汪大淵兩次出海，撰寫出《島夷志略》一書，記録了二百多個國名和地名，其中不少首次見於中國著録，涉及的地理範圍東至菲律賓群島，西至非洲。這些都反映了元朝時中西經濟文化交流的豐富内容。

明、清政府先後多次實施海禁政策，海上絲綢之路的貿易逐漸衰落。但是從明永樂三年至明宣德八年的二十八年裏，鄭和率船隊七下西洋，先後到達的國家多達三十多個，在進行經貿交流的同時，也極大地促進了中外文化的交流，這些都詳見於《西洋蕃國志》《星槎勝覽》《瀛涯勝覽》等典籍中。

關於海上絲綢之路的文獻記述，除上述官員、學者、求法或傳教高僧以及旅行者的著作外，自《漢書》之後，歷代正史大都列有《地理志》《四夷傳》《西域傳》《外國傳》《蠻夷傳》《屬國傳》等篇章，加上唐宋以來衆多的典制類文獻、地方史志文獻，集中反映了歷代王朝對於周邊部族、政權以及西方世界的認識，都是關於海上絲綢之路的原始史料性文獻。

海上絲綢之路概念的形成，經歷了一個演變的過程。十九世紀七十年代德國地理學家費迪南・馮・李希霍芬（Ferdinad Von Richthofen，一八三三～一九〇五），在其《中國：親身旅行和研究成果》第三卷中首次把輸出中國絲綢的東西陸路稱爲『絲綢之路』。有『歐洲漢學泰斗』之稱的法國漢學家沙畹（Édouard Chavannes，一八六五～一九一八），在其一九〇三年著作的《西突厥史料》中提出『絲路有海陸兩道』，蘊涵了海上絲綢之路最初提法。迄今發現最早正式提出『海上絲綢之路』一詞的是日本考古學家三杉隆敏，他在一九六七年出版《中國瓷器之旅：探索海上的絲綢之路》中首次使用『海上絲綢之路』一詞；一九七九年三杉隆敏又出版了《海上絲綢之路》一書，其立意和出發點局限在東西方之間的陶瓷貿易與交流史。

二十世紀八十年代以來，在海外交通史研究中，『海上絲綢之路』一詞逐漸成爲中外學術界廣泛接受的概念。根據姚楠等人研究，饒宗頤先生是華人中最早提出『海上絲綢之路』的人，他的《海道之絲路與昆侖舶》正式提出『海上絲路』的稱謂。選堂先生評價海上絲綢之路是外交、貿易和文化交流作用的通道。此後，大陸學者馮蔚然在一九七八年編寫的《航運史話》中，使用『海上絲綢之路』一詞，這是迄今學界查到的中國大陸最早使用『海上絲綢之路』的人，更多地限於航海活動領域的考察。一九八〇年北京大學陳炎教授提出『海上絲綢之路』研究，并於一九八一年發表《略論海上絲綢之路》一文。他對海上絲綢之路的理解超越以往，且帶有濃厚的愛國主義思想。陳炎教授之後，從事研究海上絲綢之路的學者越來越多，尤其沿海港口城市向聯合國申請海上絲綢之路非物質文化遺産活動，將海上絲綢之路研究推向新高潮。另外，國家把建設『絲綢之路經濟帶』和『二十一世紀海上絲綢之路』作爲對外發展方針，將這一學術課題提升爲國家願景的高度，使海上絲綢之路形成超越學術進入政經層面的熱潮。

與海上絲綢之路學的萬千氣象相對應，海上絲綢之路文獻的整理工作仍顯滯後，遠遠跟不上突飛猛進的研究進展。二〇一八年厦門大學、中山大學等單位聯合發起『海上絲綢之路文獻集成』專案，尚在醞釀當中。我們不揣淺陋，深入調查，廣泛搜集，將有關海上絲綢之路的原始史料文獻和研究文獻，分爲風俗物産、雜史筆記、海防海事、典章檔案等六個類别，彙編成《海上絲綢之路歷史文化叢書》，於二〇二〇年影印出版。此輯面市以來，深受各大圖書館及相關研究者好評。爲讓更多的讀者親近古籍文獻，我們遴選出前編中的菁華，彙編成《海上絲綢之路基本文獻叢書》，以單行本影印出版，以饗讀者，以期爲讀者展現出一幅幅中外經濟文化交流的精美畫卷，爲海上絲綢之路的研究提供歷史借鑒，爲『二十一世紀海上絲綢之路』倡議構想的實踐做好歷史的詮釋和注脚，從而達到『以史爲鑒』『古爲今用』的目的。

凡例

一、本編注重史料的珍稀性，從《海上絲綢之路歷史文化叢書》中遴選出菁華，擬出版百册單行本。

二、本編所選之文獻，其編纂的年代下限至一九四九年。

三、本編排序無嚴格定式，所選之文獻篇幅以二百餘頁爲宜，以便讀者閲讀使用。

四、本編所選文獻，每種前皆注明版本、著者。

五、本編文獻皆爲影印，原始文本掃描之後經過修復處理，仍存原式，少數文獻由於原始底本欠佳，略有模糊之處，不影響閱讀使用。

六、本編原始底本非一時一地之出版物，原書裝幀、開本多有不同，本書彙編之後，統一爲十六開右翻本。

目録

菽園雜記（下）

菽園雜記（下）

卷八至卷十五

〔明〕陸容　撰

清抄本

菽園雜記卷八

吴郡陸容文量著

襲封衍聖公每歲赴京朝賀沿途水陸驛傳起中馬站船廪給回日無馬快船裝送而張真人往回水陸起上馬站船廪給且有馬快船之從蓋其時方崇道教而内官梁芳左道李資省輩方用事故致隆於其所尊如此予聞之頗不平言於尚書余公欲優厚之公慨然曰是義舉也即日奏允自是衍聖公往回陸路得起上等馬回日應付馬快船裝送於吾道實有光云時成化十六季三月初五日也

近有中官怙寵市恩以結人心騰驤左右等四衛勇士小廝及養馬軍奏乞悉給以胖襖袴鞵事不下該部

即可之時固安王公復為工部尚書余肅敏問之曰府庫衣袴之富如此先生何議不及此使恩出斯人乎王公曰　祖宗之制邊方有警應調京軍出征則以此給之使其不勞縫製得以尅日起行京衛軍士守衛守城者無調遣之急歲給與布匹綿花使軍妻各自縫製以省有司勞費此良法美意之所在也今四衛軍士既給以布花而又加此非惟失預備非常之初意且使恩出内竪其於國體胥失之矣余公服其言

每讀春秋左氏傳列國大夫或論事或諫君動輒陳古制度如指諸掌共父文伯之母雖一婦人而其叙王后親織玄紞以下云云本末不遺如此則當時學士、

從可知矣於此不惟見古之人才皆有用之學亦可以占先王教化之盛矣今吏部每選考試監生作經義有不能記本題者任意書平日所記文字塞白名曰請客文章亦得除授有司一職云此風自宣德以來已有之矣夫時文與古義雖大不倫而姑恤之政益無有甚於此者嗚呼使此輩而寄以民事欲民之弗病得乎

嵇昭蘇州崑山人正統六年任知灤州涉獵古今涖民得體尤善楷書十三年以外艱去至今不忘其善此永平府誌名宦條所載然崑山未聞有此人豈其先流寓它處出身籍貫猶書所自與記以備考

廣陵之墟有五子廟云是五代時羣盜嘗結義兄弟流

刧江淮閒衣食豐足皆以不及養其父母為憾乃求一貧嫗為母事之甚孝凡所舉動惟命是從因化為善鄉人義之歿後且有靈異曰為立廟吳中祭五通神者必有所謂太媽疑即此鬼也噫人莫不善於為盜而亦有風木之思天理之在人心固未嘗泯也況非其真母而皆能循其教卒化為善不亦尤可取乎世有親在而不遵其教親歿富貴而不思者視五子能無愧乎

延安綏德之境有黃河一曲俗名河套其地約廣七八百里胡虜時竊入其中久之乃去葉文莊公為禮部侍郎時嘗因言者欲築立城堡耕守其地奉命往勘大意謂其地沙深水少難以駐牧春遲霜早不可耕

種其議遂寢然聞之昔張仁愿築三受降城正在此地前時胡虜巢穴其中春深纔去近時關中大饑流民入其中求活者甚衆踰年纔復業則是非不可以駐牧耕種也當再詢其所以

周禮春祭馬祖夏祭先牧秋祭馬社冬祭馬步其文甚明今北方府州縣官凡有馬政者每歲祭馬神廟而主祭者皆不知所祭之神嘗在定州適知州送馬神胙因問所祭馬神何稱云稱馬明王之神及師生入揖問之亦然蓋此禮之不講久矣但不知太僕寺致祭如何未及問也

天妃之名其來久矣古人帝天而后地以水為妃然則天妃者泛言水神也元海漕時莆田林氏女有靈江

海中人稱為天妃此正猶稱岐伯張道陵為天師極其尊崇之辭耳或云水陰類故凡水神皆塑婦人像而擬以名人如湘江以舜妃鼓堆以堯后蓋世俗不知山水之神不可以形像求之而謬為此也

翰林院尚寶司六科官其先常朝俱在奉天門上御座左右侍立故云近侍今皆在門下御道左右云是太宗晚季有疾用女官扶持上下因退避居下今遂為定位六科本與尚寶司相鄰今工部委官製衣處猶稱六科廊是也永樂間失火遷出午門外今遂為定居

沈通理云金陵一民家被雷失去二人徧求之乃對坐一空櫃中其髮茸〻相結凌季行言褚御史呂胤家

人遇雷震死徧身衣皆裂成細條其條闊狹如一邵文敬言其鄉雷擊一佛殿兩鴟尾皆失去蓋脊筒瓦內石灰泥撤淨如掃而瓦復不動張汝弼言松江一塔被雷凡七層每層簷鈴皆失去其舌夏德乾御史知新淦縣言本縣一山有雷神甚靈異嘗祈雨雷雨大作空中有物形聲如鴨嘴爪如鷹者三盤旋而飛廟有大松十數株每株爪去其皮二道自根至梢俱深入寸許無一差爽瞿世用御史嘗知崇仁縣一日雷雨中有物墮譙樓黑色無頭尾其圓徑丈餘不久復飛去疑其為雷神此皆平日閒坐客所談因類記之

羣舊作群云

高皇惡君與羊竝命移君羊上杲舊作䄔云文皇為夏中舍改書崑舊作崐云崐尹馬文炯欲鎮壓其民改書此鄉俗相傳然羣崑古字觀韻書可知杲字嘗於山東憲副陳善所觀趙松雪墨卷見之盖偏旁上下自昔竝用　祖宗及文炯或者改其一時所見耳非始此也天順甲申進士亶茂英宗不識其姓問之李閣老賢ゝ對以音與陝同因命改姓陝近時山東布政使胡德盛奏事適北邊有警　上覽疏見其名嫌德盛與得勝相近命改名靖天順間江西儒士吳與弼講明理學名重一時嘗被薦徵上京師授春坊諭德力辭不受遣還田里成化間海南貢士陳獻章亦以理學名有司嘗應　詔薦上

上吏部奏除翰林院檢討駕部員外郎張弼書韻語誚之云　君恩天地寬臣節日月皎無事徒受官優游豈不好未識義如何借問程明道李密是何人亦有陳情表獻章不能答未久辭歸獻章與弼門人也

于公謙王公文遇害時以迎立外藩誣之文稱寃謙但云親王非有金符不可　召當辨之時印綬尚寶諸内官聞之檢閱各王府符具在獨無襄王府者衆皆危疑不知其故乃問一退任老内官云嘗記宣德間老娘娘有旨取去但不知何在老宮人某尚在必知其詳遂往問之云是
宣廟賔天時　老娘娘以爲國有長君社稷之福嘗欲召襄王因取入後以三楊學士議不諧而止符今

在後宫暖閣中　老娘娘張太后也於是啓　太后
求之果得於其處已積塵埋没寸餘矣其後　英宗
悟二人之寃而悔者亦以此云
成化十三季福建長樂縣平地長起一山長三日而止
度之高二丈餘横廣八丈其旁一池忽生大蜆民取
食之味甚美乃争取食食者不數日患痢死者千餘
人
戴御史用字廷獻江西高安人未第時嘗延一師於家
塾師好為人作訟牒用父却之其俗凡為師棄於人
者無所容身由是怨之乃匿處鄰郡令家人訟於官
云師有經義直銀若干用圖之致死用不勝搒掠乃
自誣服用家出重賞購求能得其蹤跡者踰季忽一

人報其匿處乃俾為嚮導果得之事始白後登成化丙戌進士第仕至貴州參議彼衡門褐夫不皆用伍則死於寃獄者豈少乎此典刑者所以不可不敬慎也

正統間楊文貞公自江西還朝所過餽送一切不受耿清惠公時為淮揚鹽運使餽雞四翼茄一盤楊公受之且携手而行其激揚之意默寓於交際如此先奉直公時客淮揚親聞其事

天順間安陽民牧牛入一破塚中鐵索縣一棺去地四五尺四旁無一物民搖動其棺沙土蒙頭而下不能開眼民懼急趨出沙已沒趺矣翌日拉伴往視之沙土滿中不復見棺蓋觸其機發也

山西之石樓永昌陝西之神木等縣土人善邪術名小法子能以刀錐置人腹中痛久之即死始覺時急求解法則免廣東西人善造蠱置飲食中〻之即腹脹死以藥物解之即吐出本形或魚或蛇或蝦蟆而愈雲南孟密等夷有術能以木換人手足骨人初不覺久之行遠任重即痛不能勝有不信者死之日剖股視之果木也此皆問之其鄉人皆以為實有者

成化初江淮大饑都御史林公聰以便宜之命賑濟駐節楊州令御史借糧十萬石於蘇州府知府林公一鶚以蘇為閫淛襟喉江淮衝要萬一地方不靖無糧其何以守不許御史乃借之松江而去人以一鶚知大體云

古對以文字分合者如鉏麑觸槐甘作木邊之鬼豫讓吞炭終為山下之灰陳亞有心終是惡蔡襄無口便成衰二人土上坐一月日邊明半夜生孩子亥二時難定兩家擇配己酉二命相當皆佳近又聞有云人曾作僧人弗可作佛女卑為婢女又可為奴亦可喜

史傳所載修己背坼而生禹簡狄胸坼而生契陸終氏娶鬼方之女開其左右脇而生昆吾等六人浮屠氏稱釋迦之生出母右脇黃冠氏稱老聃之生出母腋下先儒多以為妄魏黃初五年汝南屈雍妻王氏生子從右胳下小腹上出宋時莆田尉舍之左有市人妻生男從股髀閒出皆創合母子無恙二事各有指據然亦未敢盡信也近見巡按鳳陽御史周蕃奏霧

壁縣民家生一子潰母臍下而出創潰處尋愈據此
則汝南莆田二子之生當亦不誣也
漢唐宋兵制皆取兵於民壯則入伍老則放歸即三代
寓兵於農之遺制也　本朝軍伍皆謫發罪人充之
使子孫世世執役謂之長生軍且謫發之地遠者萬
里或數千里近者千餘里南北易調非其土性難以
自存是以死傷逃竄者十常七八行伍實數能幾何
人況有罪謫發者率皆奸民善於作弊無惑乎什伍
之虧耗也在京惟府軍前衛幼軍皆止終其身與前
代兵制暗合旗手衛有等軍士永樂間奉有不逃止
終本身逃者子孫勾補之　旨寧老死行伍無一人
逃者府軍前衛幼軍舊亦多逃近比旗手之例著為

常令故今亦無逃者蓋逃者特為身謀其不敢逃者為子孫謀也使當時議兵制者以前代之制為主而以此法繩之則隱匿脫漏之弊固不能保其必無恐亦不至今日之甚也

蒙古氏入主中夏固是大數然人衆亦能勝天當時若劉秉忠許衡竇默姚樞姚燧郝天挺王磐輩皆宋遺才也使其能如夷齊之不食周粟魯仲連之不帝秦田橫與其客之不臣漢龔勝輩之不事莽則彼夷狄之君孤立人上孰與之立綱陳紀制禮作樂久安於中國哉然則元君之所以盤據中國九十餘季之久實中華之人維持輔翼之而然也秉忠輩蓋隨世功名之士許公自負為聖賢之學也而亦為夷主屈邪

春秋之法尊中國攘夷狄魯齊於夷狄勢固不能攘不仕如劉因可也吾於是不能無責備焉

急須飲器也以其應急而用故名趙襄子殺智伯漆其頭以為飲器註云飲於禁反溺器也今人以暖酒器為急須飲字誤之耳吳音須與蘇同今稱煖熟食具為僕憎言僕者不得侵漁故憎之王宗銓御史嘗見內府揭帖令工部製步甑云即此器乃知僕憎之名傳譌耳直駕校尉著團花紅綠衣戴飾金漆帽名曰只孫鵝帽只孫衣名今人有稱執金吾帽者亦似是而非也

醫士劉溥字原博博學能詩畫士范暹字啓東讀書善談二老皆蘇人在宣德正統間館閣諸公皆愛重之

原愽僅官太醫吏目啓東終身布衣而已意者當時士人皆知自重不肎干人當道亦不肎以名器私其所厚而然邪吾於是不能無感

崑山五保張某兄弟業瘍醫凡求療者必之弟而不之兄由是弟日饒兄日凋落兄妒之欲俟其出将甘心焉一日買舟入城兄預匿舟中行至新洋江忽起捽其弟舟人懼急榜舟就岸得逸去将訟縣有父老曰彼無天理而害汝今計不行是有天理也若訟之且将拘繫證佐必貽害舟人不如且止從之未幾兄一夕瞑至旦目不能開竟成瞽疾而死於貧人以為不道所致云

元制內設中書省外設行中書省故舊時移文中多稱

各省今既改行省為布政司而移文奏章尚有稱省者今之提刑按察司即元之肅政廉訪司俗稱按察使為廉使按察司多扁肅政字皆踵其舊也揆之時制似亦非宜在京各道廳事及在外察院多扁正己字諸司則無之蓋誤讀程伯淳語御吏為御史故也不然豈有官者皆不必正己惟御史當然耶

玉篇奇字類如歘乃万俟宿留昌頓可汗閼氏龜茲皆連綿假借餘如祖免星宿之類半是本字未為奇也今記憶類此者書之讀書有得當不一書

於戲 烏呼 委蛇 逶迤 齊衰 咨崔 相近 禳祈 扶服 匍匐
揚休 陽煦 子諒 慈良 惡池 呼沱 曲逆 去過 休屠 朽除
譙訶 誰何 從史 總勇 陂池 坡陀 取慮 趨廬 毒冒 代妹

未嬉妹喜揖濯楫櫂魋結椎髻酒削洗鞘厓皆

朱提主池

潘流清處之青田人與岳內翰季方同游太學俱有文名且相友善流清未仕卒其子辰幼孤流落京師一日季方過陳緝熙內翰適其友李斯式出揖季方愕視久之問故云此吾故友潘流清應真也翌日遣人延斯式至家命工寫其真且以示辰云此汝父遺容命拜之辰不識持歸示其母其母泣涕而藏焉此亦衣冠中一異事也辰字時用博學能詩文與李賓之學士有通家之好李蓋岳之壻云

松江一京官養痾家居因星士言某季當死不測日以詩酒盤桓園池間雖比鄰招飲亦不出也一日彈琴

假山下石仆壓死閩中一娼色且衰求嫁以圖終身
人薄之無委禽者乃決之術士云年至六十當享富
貴之養娼不以為然後數年閩人子有奄入内廷者
既貴聞其母尚存遣人求得之館於外第翌日出拜
之逶見其貌陋恥之不拜而去語左右云此非吾母
當更求之左右觀望其意至閩求美儀觀者乃得老
娼以歸至則相向慟哭日隆奉養閱十數年而歿威
寧伯王公為大同總兵時術士俞姓者一日過職方
予問之曰當不久敗矣予問當在何年曰今年未幾
降　敕面諭革爵為民安置安陸州
周宗伯洪謨之父嘗為長陽訓導作妖魅説言門生何
瓚與其弟飲民家瓚醉歸失弟所在搜於山累日得

之木上問其故云一人引至此今見爾輩來遁去矣葢山鬼也又門生之父鄭老者入深山採藥遇木有大菌乃取之行數里有人追與鬭云何以割吾耳當見還鄭老巫者有禳鬼術其人不能加害而去然精思恍惚迷其歸路後數日家人尋得之邀使歸固不肎乃執以歸藥之而醒備言其故如一夢也大抵深山幽谷中固多強死之鬼與木石鳥獸之怪人不知戒故有獨行遇害者凡入深山者須持利刃不宜獨行

吏部尚書歷城尹公旻罷後朝士多指其招權納賂之跡甚者上章乞籍其家貲之半賑濟山東饑民公之富未必如是之甚也其所以失士大夫之心者直以

待人不誠耳如各部司屬官之賢能者每向人稱道之以示其知人及推舉時乃先掌科掌道官若舉部屬亦先出入中官之門者平日所稱道者反不與又嘗記戶科給事中李孟暘奉使山西回見代州等處要地武備不飭奏乞設整飭兵備副使以專其責兵部覆奏已得 旨俞允及咨吏部乃寢而不行後察之副使該於刑部年深郎中內以次升用一鄉人覬覦京職不欲外升欲越次他陞又恐機泄故止覬覦京職者不久果升大理丞後坐其黨調外任

吳中有鬼善淫凡懷春之女多被污與之善者金帛首飾皆為盜致吾崑真義民家一女將被污女曰淫西某家女貌美何不往彼而來此鬼云彼女心正女怒

曰吾心獨不正邪遂去更不復來乃知邪不干正之說有以也

蘇城商人蔡某嘗泊舟京口見一客長軀偉貌鬚髯被腹髭長數寸蔽口竊計其有礙飲食乃邀入食肆以觀之客臨食脫帽拔髻中二簪綰其髭插入兩鬢長歠大嚼旁若無人食已謝去曰感君厚情何以為報令舟中取一木棍授之云倘舟行有人侵侮當以此示之云翁子老官壓驚棍在此彼必退去後行江中猝遇暴客蔡如其言果不犯而去如是者再始知其為暴客之渠魁威信素行於人故也蔡後死九江客聞之賻以白金遣人護喪至京口而去

鈔字韻書平去二聲皆為略取寫錄之義無以為楮幣

之名者今之鈔即古之布詩云抱布貿絲周禮宅不毛者有里布是也但古以皮故曰皮幣今以楮故曰楮幣耳宋有交子會子關子錢引度牒公據等名皆所以權變錢貨以趨省便然皆不言其制惟入中鹽糧有塩鈔〻之名始見宋史葢即今塩引也今文移中有關子僧道簪剃有度牒鄉試舉人投禮部有公據茶塩等貨俱有引皆公文耳金史記交鈔之制外為闌作花紋其衡書貫例外書禁條闌下備書經由行換之法及其印章花押一貫至五十貫名大鈔一伯文至七百文名小鈔以七季為限納舊易新元史記鈔之文云以十計者四曰一十文二十文三十文五十文以百計者三曰一百文二百文五百文以貫

計者二曰一貫文二貫文然皆不詳其尺寸之制今之鈔蓋始於金而元承其制　本朝沿襲之歟聞洪熙宣德間猶有百文鈔今但有一貫文者每貫直銀三釐錢二文非復國初之直矣其制以桑楮皮為之竪長一官尺橫八寸額上橫作楷書云　大明通行寶鈔中作楷書一貫二字〻下圖一貫錢形左右作疊篆各四字云大明寶鈔天下通行其下楷書鈔法禁例上下鈐戸部印四圍花紋闌

鐲音蜀又音濁周禮鼓人以金鐲節鼓註云鉦也形如小鐘韻書又云　器今人名臂環為鐲音濁蓋方言也近考之蠋桑蟲一名蚅爾雅蚅烏蠋詩鞗革金厄註云金厄接轡之環形似烏蠋以金為之今女人金

銀臂環纍纍有節而拳曲正如蠋形鐲當作蠋音雖少異其義甚明

里人曾孟源嘗夜行有水當涉遇一舊識云吾負汝過孟源喜從之及上其身忽悟云此人已死安得在此必鬼欲迷我耳乃堅附其背既登岸負者云可以下矣孟源附之益堅忽變為一版抱至民家叩門乞火燭之乃火焦棺版也劈而焚之深以為不祥自分必死然竟無恙後年逾七十而終

菽園雜記卷八

菽園雜記卷九

吳郡陸容文量著

陳宗訓者太宜人之伯父涉獵書史事母盡孝每飲食親友家遇時新品味母未嘗必託以疾忌不一下箸翌旦必入城市買以奉母或遠方難得之物可懷者必懷歸母心樂之至老不衰太宜人事先祖母曲盡孝謹有自來矣

雎鳩揚雄許慎以為白鷹郭璞以江東人謂之鶚陸璣以幽州人謂之鷙黃公紹譏其皆以意求之斷以為即今之杜鵑云自蜀人作華陽國志妄稱望帝所化遂有杜鵑杜宇之名而雎鳩王雎世反不識此正以五十步笑百步者也惟朱子詩傳云狀類鳧鷖最為

得之今吳音譌呼雎為豎婚禮好事者必求鴛鴦王雎以備名件蓋非尚珍異鴛鴦取其匹而有思王雎以其摯而有別也

文武諸司之設各有正官主之如五軍都督府則左右都督通政司則通政使大理太常鴻臚光祿等寺則各寺卿國子監則祭酒太醫院則本院使欽天監則本監正上林苑監則左右監正是也近年各以尊官處之中軍都督府英國公張懋右軍都督府保國公朱永皆太子太傅左軍都督府定西侯蔣琬前軍都督府新寧伯譚祐後軍都督府襄城侯李瑾皆太子太保通政使司張文質太常寺劉岌鴻臚寺施純皆太子少保禮部尚書大理寺工部尚書杜銘光祿寺

艾福國子監丘濬欽天監康永韶皆禮部侍郎太醫院則通政使蔣宗武上林苑監則右通政李孜省此亦制度之一變也成化乙巳記

癸辛雜識云官品有金紫銀青之目蓋金至於紫銀至於青為絶品也此說殆非蓋金銀謂印青紫謂綬或謂所佩魚袋及服色耳古人有金章紫綬紫袍今時文武極品官俱無金印〻亦無綬又紫為禁色臣下無敢服者惟四品以上緋袍金帶七品以上青袍銀帶此即金紫銀青之遺制也

巡撫官永樂間已有之然僅設於要處耳洪熙宣德初年添設漸多侍郎通政大理寺卿惟其人不皆都御史也景泰以來悉置都御史初意蓋以御史在外多

浮薄不遜以此軌之耳以今計之亦太盛矣蘇松等
處鳳陽等處宣府等處順天等府保定等府延綏等
處甘肅等處河南山東山西遼東大同寧夏陝西湖
廣江西兩廣雲南四川貴州福建凡二十人內署銜
不同者兩廣曰總督軍務蘇松等處曰總理糧儲鳳
陽等處曰總督漕運遼東湖廣雲南皆曰贊理軍務
山西曰提督鴈門等關保定曰提督紫荆等關順天
等府曰整飭薊州等處兵備餘止稱巡撫鄖陽等處
曰撫治蓋主流民也凡推舉各邊及腹裏干涉軍務
者吏兵二部會同干涉錢糧流民者吏戶二部會同
惟總督漕運者吏戶兵三部會同江西福建山東地
方有事則設事寧則革之

各處總兵官印文遼東曰征虜前将軍宣府曰鎮朔将軍大同曰征西前将軍延綏曰靖虜副将軍寧夏曰征西将軍甘肅曰平羌将軍雲南曰征南将軍兩廣曰征蠻将軍湖廣曰平蠻将軍皆柳葉篆漕運總兵無将軍名目其印曰漕運之印疊篆文若陝西止稱鎮守官貴州薊州等處雖名總兵俱無将軍印

永樂間平江伯陳公瑄把總海運糧儲共一百萬石時未有總兵之名十三年裏河漕運加至五百萬石統各處一百七十餘衛後以湖廣浙江河南山東各都司所屬茶陵臨山彰德濟南等衛地遠省之每歲止運四百萬石洪熙元年始充總兵官督運鎮守淮安此設總兵之始也宣德四年同工書黃福計議於徐

州等處立倉令官軍接運六年掛漕運之印八年公薨以都督僉事王瑜都指揮僉事吳亮充左右副總兵同管正統四年専以馬興充總兵湯節充參將此設參將之始也景泰二年設左僉都御史王竑同管此文臣總督漕運之始也

欽天監官例不致仕老死而後已天文生由科目出仕者只於本衙門任用不令出任府州縣官蓋有深意存焉太醫院官無考滿依資格陞職者蓋此流醫藥有效則奉　特旨陞官故也近年吏部考察京職欽天監官年六十以上者俱勒令休致罷革傳奉冗官則太醫院官皆在其列計無所出則請　旨去留由是權移他手而賢否混殽矣

鄉民有子患瘡疹，備牲酒禱神，語拙不能致詞，乃要其婦翁禱之。翁之孫適亦患此疾，翁乃對神私語，為其孫禱。時壻拜於後，怪其詞不揚，膝行聽之，知其然，未敢言也。俄而翁之孫愈，壻之子死，壻由是甚怨之，以其情訴於人，人〻以為笑。成化間，一巡撫都御史被訟于朝，其親有官給事中者，巡撫乃以重賂托之。賂中官求援，給事以為己物，奉以求進，由是得升吏部侍郎，而巡撫竟坐法戍邊死。又兵部尚書缺人，一兵部侍郎欲得之，其親家有為刑部尚書者，素稔求官，遂托之納賂。尚書之為己謀，亦如給事。於是去刑而遷兵，侍郎知之，恚恨疽發項死。此二人與婦翁之御其壻者甚類，皆可笑也。

南京妓女劉引靜幼為一商所眷商死劉為持服歲時修齋設祭哭泣甚哀日以女工自養誓不接客家人不能奪其志也商家後凋落且能推所有以周其妻子有富翁聞其賢欲娶爲劉不從而止京師郭七公子者故定襄伯登之從子也嘗昵一妓方妙年公子死即削髮解足紈為尼屠寶石京師大賈也嘗以罪發遣遼東充軍家破無可託者以白金萬兩寄所昵妓家後數年赦回以所寄還之封識如故世有處貴富之地而淫褻無恥當變故之時而貪昧忘義者多矣孰知風塵之中有此卓異者人性之皆善豈不信哉然則觀人者未可以其類也

朝廷近建三官廟規制弘麗像肖莊嚴其費皆出內帑

不煩有司工成日内府各内官及文武諸司大臣俱往瞻禮蓋　上承母后意而群臣将順之也兵書淶水張公問予三官所由始嘗考之漢熹平間漢中有張修為太平道張角張魯為五斗米道而魯尤盛蓋自其祖陵父衡造符書於蜀鶴鳴山制鬼卒祭酒等號有疾者令其自書氏名及服罪之意作三道其一上之天著山上其一埋之地其一沈之水謂之天地水三官三官之名實始於此予既以復張公且為詐云水為五行之一生於天而附於地非外天地而為物也今以水與天地竝列已為不通之論若其使民服罪之書水官者沈之水地官者埋之地似矣天官者既云上之天則置之雲霄之上可也却云著之山

上然則山非地乎其誣惑蚩蚩之民甚矣

大甏子中消白日小車兒上看青天此邵康節先生詩今人呼盛茶酒器為甏有自來矣然此字亦後人方言所增韻書無之

檀弓記孔子居宋見司馬栢魋自為石槨三年而不成曰若是其靡也死不如速朽之愈也初疑所謂石槨若今合石為之不應若是其難也弘治戊申之春舟過徐州約三十里聞鄉人言其地有洞山寺寺下有洞為古蹟甚奇乃命艤舟一登讀眉州萬閣老所撰建寺碑乃知即所謂栢山宋栢魋葬處也其隧道當南向今已在佛殿址矣佛殿後有一穴可入石槨約高丈餘其深約五六步其廣廣半之兩旁又各鑿為夾

室狀每處可容十人蓋四周一全山、而刳其中耳是宜三年而不成也蘇長公遊此山時蓋已蕩然金椎之餘矣今石壁所刻賦蓋後之好事者爲之其稱洞山者以石槨爲洞也

近見二文士有三年服者伺送鄉人之喪一人束孝帛一人不束人問之不束者云重不可加輕束者云斯須之敬聞者質予當以何人爲是予曰若論小節二人皆是若論大體二人皆非蓋父母之喪雖出門弔問亦不可況可送之出郊乎今既往弔且受其帛矣及出送而曰重不加輕乎如以爲禮尚往來使子弟行之可也

唐詩云邵平瓜地接吾廬穀雨乾時手自鉏曆解云穀

雨讀作去聲如雨我公田之雨自雨水後土膏脈動令雨其穀於水也讀為上聲者非

梅聖俞河魨詩云春洲生荻芽春岸飛楊花河魨當此時貴不數魚鰕而吾鄉俗語則云蘆青長一尺莫與河魨作主客蘆青即荻芽也荻芽長河魨已過時矣而聖俞云然予嘗疑之後觀范石湖吳郡志始知此魚至春則泝江而上蘇常江陰居江下流故春初已盛出真潤則在二月若金陵上下則在二三月之交池陽以上暮春始有之聖俞所云殆池陽當塗之俗而歐公所謂群游水上食絮而肥南人多以荻芽為羮則又附會之說非真知河魨者也

觀屬目聞屬耳然佛書有觀其音聲之文杜詩有心清

聞妙香之句正猶鳥不可以牝牡言獸不可以雄雌言易有牝雞詩有雄狐此文字中活法可以意會而不必泥也

蜃氣樓臺之說出天官書其來遠矣或以蜃為大蛤月令所謂雉入大海為蜃是也或以為蛇所化海中此物固多有之然濱海之地未嘗見有樓臺之狀惟登州海市世傳道之疑以為蜃氣所致蘇長公海市詩序謂其嘗出於春夏歲晚不復見公禱于海神之廟明日見焉是又以為可禱而得則非蜃氣矣遼東志云遼東〻南皆山也其峯巒疊翠蔥蒨可觀當夏秋之交時雨既霽旭日始興其山嵐凝結而城郭樓臺草木隱映人馬馳驟於烟霧之中宛若人世所有雖

丹青妙筆莫盡其狀古名登萊海市謂之神物幻化豈亦山川靈淑之氣致然邪觀此則所謂樓臺所謂海市大抵皆山川之氣掩映日光而成固非蜃氣亦非神物東坡之禱蓋偶然耳且詩中有云朝陽太守南遷歸喜見石廩堆祝融自言正直動山鬼豈知造物哀龍鍾其自負亦不淺矣況此老素善謔又安知非自神其事以鳴其不平邪

虞邵菴作朱澤民母吉宜人墓碣有云至元甲午吉宜人將就館其姑施夫人疾病歎曰吾婦至孝天且賜之佳子吾必及見之既而疾且亟治後事其大父卜地陽抱山之原使穿壙以為藏施夫人曰異哉吾夢衣冠偉丈夫來告云勿奪吾宅吾且為夫人孫既而

役者治地深五尺得石焉封曰太守陸君績之墓別有刻石在旁曰此石爛人來換石果斷矣其祖命亟掩之而更卜兆地夫人又夢偉衣冠者復來曰感夫人盛德真得為夫人孫矣德潤生其大父字之曰順孫而施夫人没人以為孝感所致德潤澤民名也澤民仕元為征東行省儒學提舉今朱文天昭御史之高祖審如是則澤民乃陸公績後身也予嘗觀前代探環覔刀等事猶未之信今觀此文則知天地間異聞不可謂盡無也

楊鐵崖 國初名重東南從游者極其尊信觀其正統辨史鉞等作皆善已若香奩續奩二集則皆淫褻之詞予始疑其少年之作或出於門人子弟濫為筆録

耳後得印本見其自序至以陶元亮賦閑情自附乃知其素所留意也按閑情賦有云尤蔓草之為會誦召南之餘歌蓋發乎情止乎禮義者也鐵崖之作去此遠矣不以為愧而以之自附何其悍哉香奩續奩惟崑山有刻本後又有楊東里跋語玩其辭氣斷非東里之作蓋好事者盜其名耳記此以俟知者

魏将軍某年七十餘披甲上殿及隨 鑾輿出入不減少年人問其平生事云年四十五時已絶男女之欲周和尚廬陵人流落京師年九十餘遠路能步行須髮不白予嘗問其得何修養之術云無他術自壯年能節欲耳且云人之精液度與女子能生人若能保守存留豈不能資生自身太倉畫士張翬年九十餘

耳聰目明猶能作畫嘗問其何修而致云平生惟欲心頗淡欲事能節或者賴此耳無他術也

毘陵謝應芳子蘭嘗論三高祠不當祠范蠡云季鷹魯望吳產也吳人眎為東家丘是已鴟夷子皮始終事越間以行成留吳其心未嘗一日忘乎越也進美女獻寶器以惑吳之君臣秉虛進兵以滅吳之宗社大率皆蠡之謀越人論功蠡居第一豈非吳之大仇乎惟其功成名遂遯迹而去其識見固高於常人然浮海之裝細載珠玉在齊復營致千金之產自齊居陶父子耕畜轉物逐利復積畜累鉅萬太史公前後不一書者蓋深鄙之非美之也較諸子房辭漢翛然從赤松子之遊相去多矣杜牧之蘇子瞻皆謂蠡私西

施以申公夏姬為比由是觀之謂其人為貪為穢亦不為過尚何風節是慕乎今也以吳人馨香之黍稷享敵國貪穢之仇讎於理其可乎哉禮云民不祀非族況仇敵乎吳有三高人特未之思耳若泰伯仲雍延陵季子眞天下所共高者也凡為吳人苟非土木孰不有高山景行之思宜尊三讓至德之聖祠於堂上配以二賢仍以季鷹魯望列之從祀如此則正前人之謬戾新斯民之耳目振高風崇禮讓激衰世薄俗而勸之於風化豈小補哉若謂蠡有功而祀之則越人祀之宜矣如諸葛武侯之賢蜀人祀之吳魏未嘗有祠焉斯理之公古今一致所謂質諸鬼神而無疑者也此言具子蘭上饒參政書自志云方議移文

有司會世變而止按此言蠡事大率皆前人所嘗道其言吳有三高人未之思一段則前人所未發也

先儒謂詩傳有本韻不必叶而叶者今細察之信然如吉日三章其祁孔有或群或友悉率左右皆叶羽已然有友右皆从又吳人自來呼又為以音但不通於天下耳不必叶也又如隰桑遐不謂矣傳云遐與何同若以聲音相同則今常熟吳音稱何人為遐箇是已其引鄭氏云遐之言胡也則又以義不以音矣

巡撫周文襄公初至崑山甫登岸盛怒撻一人儒學教諭朱冕叱皁隸令止進白公曰請姑息怒至僑門治之可也公從之至寓府入見後公召冕問故對曰下車之初觀瞻所繫恐因怒傷人累盛德耳公謙之未

幾太倉開設衛學公奏保晃為教授且語二衛武職云吾為尔子弟得一良師宜隆重之晃字士章嘉興人在崑庠時季考月試賞罰明信弟子多所作成至今論師道者必首稱之詳見葉文莊公水東日記

嘗聞中官談漢府事因問漢庶人所終云初庶人被執鎖縶逍遥城一日 宣廟欲往觀左右止之不聽及至熟視久之庶人出其不意伸一足勾 上仆地左右急扶起久而神思乃寧始自悔亟命壯士舁銅缸至覆之缸約重三百斤猶覺頂負而動積炭缸上如山然炭逾時火熾銅鎔庶人亦不知其處矣

成化二十一年乙巳二月初五日丑時泰山微震三月一日丑時大震本日戌時復震初五日丑時復震十

菽園雜記卷九　百十五

三日十四日相繼震十九日連震二次考之自古祥異所未聞也

凡軍前紀功南蠻首三級為一功北狄首一級為一功凡婦人首級受賞而已不升官北狄婦人面與男子無須者不異故報功者多雜以婦首充數莫能辨也嘗遇都督馬儀談及此儀云辨之亦有法紀功多文臣不知此法耳第投水中仰者婦人俯者男子予嘗聞水中浮屍男俯女仰此陰陽定體之妙雖人力翻覆之終歸其舊未知人首亦然儀在邊最久必嘗試知其然也

積書不能盡讀而不吝人借觀亦推己及人之一端若其人素無行當謹始慮終勿與可也世有借書一癡

還書一癡之說此小人謬言也癡本作瓻貯酒器言借時以一瓻爲贄還時以一瓻爲謝耳以書借人是仁賢之德借書不還是盜賊之行豈可但以癡目之哉

通政司所以出納王命爲朝廷之喉舌宣達下情廣朝廷之聰明於政體關係最重也洪武永樂間實封皆自御前開拆故奸臣有事即露無幸免者自天順間有投匿名奏本言朝廷事者於是始有關防然其時但拘留進本人在官候旨意出即縱之未嘗窺見其所奏事也後不知始於何秊乃有拆封類進及副本備照之說一有訐奏左右内臣及勳戚大臣者本未進而機已泄被奏者往往經營倖免原奏者

多以虚言受禍　祖宗關防奸黨通達下情之意至是無復存矣可勝嘆哉

成化末年太監梁芳輩導引京師富賈收買古今玩器進奉啓上好貨之心由是倖門大開金夫子弟各以珍異投獻求進而無名乃於各寺觀聚寫釋道星命等書進呈遂得受職内原任中書序班者得陞職至太常鴻臚太僕少卿等階白身人得受鴻臚主簿序班等職生員儒士匠丁樂工勲戚厮養凡高貲者皆與竝進名曰傳奉盖命由中出不由吏部銓選故名名器之濫無踰此時未幾以星變修弭廷議革之稽其數原有職傳陞者三十六人白身授職者五百三十八人悉革職勒令原籍閒住不再録用軍職傳陞

者數當倍蓰未暇籍也

鴨脚樹實如杏而其核中之仁可食故曰仁杏今云銀杏是似而非也

陸展染白髮以媚妾寇準促白鬚以求相皆溺於所欲而不順其自然者也然張華博物志有染白鬚法唐宋人有鑷白詩是知此風其來遠矣然今之媚妾者蓋鮮大抵皆聽選及戀職者耳吏部前粘壁有染白鬚髮藥修補門牙法觀此可知矣

菽園雜記卷九

菽園雜記卷十

吳郡陸容文量著

予未第時未嘗作詩餘天順己卯赴會試夢至一寺老僧出卷求題予為一闋與之既覺猶記其半云一片白雲人留不住一坐湖山人移不去翠竹吟風蒼松積雨此是怡情處及下第歸讀書海寧寺僧文公出白雲窩卷求題宛如夢中癸未會試嘗夢人贈詩云一篙春水到底渾入指不見波濤痕霹靂為我開天門至期貢院火蓋術家有霹靂火之名而到底渾不見痕如其兆矣成化癸巳初入職方夢訪李閣老題其壁云浴日青山雨文天碧海霞臣言甘主聽騎馬夜還家戊戌在武庫時夢為小詞云風剪〻花枝偃

鈴索一聲驚卧大可人期不來半窗明月朱簾捲乙已居憂時夢為一詩云海中種珊瑚遠意為兒女十年失採掇一枝遽如許俱未解其何謂也

郊壇天地合祀自唐宋已如此而制度有不同耳唐合祭非定制宋南郊北郊各有壇壝每歲祭天凡四舉如祈穀大雩之類皆不合祭惟冬至合祭天地三年一舉耳　本朝無北郊每歲孟春天地合祭於南郊名天地壇壝　上又有大祀殿以為行禮之處聞議禮之初　高皇以義起之儒臣莫能奪也宋朝最多名臣碩儒而其制禮亦多難曉如祭天於圜丘而從以五方之帝則凡本乎天者無不在矣又有所謂感生帝之祭感生謂如以火德王則祀赤帝也祭地於

方澤而從以嶽鎮海瀆則凡麗乎地者無不在矣又有所謂神州地祇之祭即京畿土地也程子嘗言既祭社則城隍不當祭不知於此等大處何獨無議論抑嘗有之而莫能同邪

嘗讀召南至野有死麕一詩以其類淫奔而疑之然以晦菴先生之所傳注不敢妄生異議也近覩王魯齋二南相配圖乃知古人先得我心之所同然矣蓋魯齋以二南篇名各十一篇召南之甘棠為後人思召伯而作何彼穠矣為王風之錯簡野有死麕為淫詩皆不足以與此其大意以為今詩三百五篇豈盡定於夫子之手其所刪者容或有存於里巷浮薄之口漢儒取以補亡耳於是配以為圖其見亦卓矣使魯

齋生於晦菴之時得與商確能不是其言乎甘棠何彼穠矣二篇則非予識所能到也

醫書言瘦人驟肥々人驟瘦皆不久同年薛爲學登進士時體甚肥及爲御史忽爾瘦削未幾公幹鄱陽一疾而歿聞歿時身軀縮小如十餘歲小兒此尤可異也

徐州百步洪呂梁上下二洪皆石角巉巖水勢湍急最爲險惡正統間漕運參將湯節建議於洪旁造閘積水以避其險閘成而不能行遂廢成化六年工部主事郭昇鑿百步外洪翻船石三百餘塊又鑿洪中河道累石修砌外洪隄岸一百三十餘丈高一丈八年主事謝敬修砌呂梁上洪隄岸三十六丈闊九尺高

五尺下洪隄岸長三十五丈闊一丈四尺高五尺二十一年主事費瑄修砌呂梁上下牽纜路若干丈皆便民美蹟而三人皆遭謗議遂至坎坷蓋志於功名者多不避小嫌無所建立者輒生妬忌當道者不能察則輒信不疑而廢弃及之知巧者遂有所懲而因循歲月雖有當為之事一切遜避以免謗議矣嗚呼仕道之難如此夫

王忠肅公翱一日入　內府主事某從至左掖門附名主事書云吏部尚書王主事某入忠肅叱之云汝知敬我不知敬　朝廷耶君前臣名汝不聞乎使書名而入立候東閣下主事在左順門旁與一舊識內竪談笑自若公遥見之呼主事問曰曾讀論語鄉黨篇

否主事以曾讀對公曰過位色勃如也如何謊此地豈是你嬉笑之所後生如此輕薄邪蓋奉天門御榻在爲左順去奉天不遠故忠肅云然其敬慎如此忠肅之謚可無愧矣

憲宗皇帝受終日 英宗遺言免用宫嬪殉葬此最盛德事故 憲宗賓天亦有命不用遵先訓也於戲英宗一言前足以杜歷代之踵襲後足以立萬世之法程自黄鳥興哀之後僅見此耳豈非不世出之明君哉

宋朝臣寮受恩典者皆上表謝恩凡上尊官皆用啓故當時有王公四六語四六嘉話等書大率駢麗之文褒謟之語其於治體無補 本朝表箋皆有官降定

式惟每科狀元率諸進士謝恩表及公侯伯初封謝
恩表出自臨時撰文上　朝廷封事謂之奏上親
王謂之啓亦皆直陳其事不用四六體是以文臣文
集中無作啓者去華就實存質損文亦士習一變也
前代公移多繁文洪武初亦有須降芟繁體式職方
掌邊務覆奏封事頗多事必引援經史斷以大義比
諸司章奏稍涉文墨蓋故事因襲如此至何行宜掌
司時一奏之中引經大半而處置事體處反欠精神
人頗厭之予竊以為邊方有事只須斟酌事體非賣
弄文學時也故凡覆奏本止是就事論事不急繁文
一切損之惟本部有所建明及評議〻事條件應引
經史者畧引為證庶使詞理簡明盡對君之體闡天

順間職方奏內引書曰惟事〻乃其有備有備無患一兵書抹去乃其有備四字云何用如許字該司云此經句不可去也兵書以輕薄叱之諸司聞之以為笑談

車字昌遮切者韻書云輿輪之總名今觀凡器之運轉者皆謂之車則車字有轉運之義如桔槔汲水曰車水轆轤挽舟過堰曰車壩紡紗具曰紡車颺穀具曰風車繅絲具曰繅車坊者歛繩具曰線車漆工漉漆具曰漆車規工曰車旋皆以其有機軸能運轉也至於泲油者曰油車梳工製梳骨角工製簪亦皆曰車此未可曉

兵部選官後武選司官必於內府貼黃所貼有內黃外

黄舊官新官各有黄簿每官一員名下註寫功陞世次會同尚寶監尚寶司兵科官於　奉天門請用御寶鈐記外黄印綬監收掌内黄送内庫銅櫃中收貯後遇襲替官選簿迷失者與赴内府查外黄外黄可驗則已如或不明查内黄其慎重如此今軍職多不知自重如在京衛所官犯罪備招送武選查例發落者無日無之往、有罪大惡極非人所為者故予嘗謂不觀貼黄用寶不知軍職之所以重不觀法司招議不知軍職之所以輕

成化末年患京師多盜兵部尚書余公議欲大索京城内外居民子嘗以曹參告後相獄市并容之説止之公不聽語人曰陸郎中書本子秀才耳乃奏差科道

部屬等官五十員分投街巷望門審驗時有未更事者凡遇寄居無引者輒以為盜悉送繫兵馬司一二日間監房不能容都市店肆傭工皆聞風匿避至閉門罷市者累日騷擾之謗漸聞禁中公始悔之早朝時途中有拋擊甓石者公益懼乃促畢事第令五兵馬司造冊復命而止徒爾擾下無補於治也一日公語劉時雍云陸郎中向以曹參事止我我嘗笑其迂今乃知古人誠有見後人莫能出其範圍也

南方寺觀及人家庭院中多種芭蕉但可資觀美而已實無所用或以其葉代荷葉襯蒸麨食然婦人有癥瘕及血氣病者感其氣則益甚是亦不可用也聞豬瘟者以其根飼之魚泛者以其榦剉投池中則已未

之試也

蕎麥之蕎韻書無之本草有之蓋宋人所增耳道藏中有藥石爾雅一卷乃唐元和間梅彪所集諸藥隱名以粟黍蕎荳麥為五芽則此字之來亦久矣

國初懲元之弊用重典以新天下故令行禁止若風草然〻有面從於一時而心違於身後者數事如洪武錢大明寶鈔大誥洪武韻是已洪武錢民間全不行予幼時嘗見有之今復不見一文蓋銷毀為器矣寶鈔今惟官府行之然一貫僅直銀三釐錢二文民間得之置之無用大誥惟法司擬罪云有大誥減一等云爾民間實未之見況復有講讀者乎洪武韻分併唐韻最近人情然今惟奏本內依其筆畫而已至於

作詩無間朝野仍用唐韻

江西一遊士善異術上官多禮貌之按察某副使獨不信術士欲自見請以術為戲許之乃剪紙為二刀作法戲之二刀即飛起交舞於前冉冉近副使副使端坐不動俄而撲其面副使以袖拂之術士乃收刀而去但見副使雙眉已削去矣遣人捕治不知所之聞之姜恒頫進士使江西云然

兩浙田稅畝三斗錢氏國除朝廷遣方贄均兩浙雜稅贄悉令畝出一斗使還責擅減稅額贄以為畝稅一斗者天下之通法兩浙既為王民豈宜復循偽國之法上從其說故畝稅一斗者自方贄始福建猶循舊額蓋當時無人論列遂為定式贄尋除右司諫終於

京東轉運有子五皋準覃巽罕準之子為丞相其他亦多顯豈惠民之澤歟出紹興志

馬尾裠始於朝鮮國流入京師京師人買服之未有能織者初服者惟富商貴公子歌妓而已以後武臣多服之京師始有織賣者於是無貴無賤服者日盛至成化末年朝官多服之者矣大抵服者下體虛奓取觀美耳閣老萬公安冬夏不脫宗伯周公洪謨重服二腰年幼侯伯駙馬至有以弓弦貫其齊者大臣不服者惟黎吏侍淳一人而已此服妖也弘治初始有禁例

天下有一定不易之理雖中人所能知而氣數之變事機之来奇恠特出雖上智大賢有莫能預為之測者

陳同甫酌古論云晉雖弱中國也秦雖強夷狄也自古夷狄之人豈有能盡吞中國者哉此以定理論也孰知宋之季也元氏入主中夏混一華夷然則宋非中國而蒙古非夷狄耶婦人不可加於男子猶夷狄不可加於中國也在宋之前亦嘗有婦人易姓改號君臨天下如武曌者矣而何獨以中國夷狄槩天下後世而為此確然不易之論哉

憲宗朝未嘗輕殺人末年殺二人於人心最痛快游民王臣者以幻術游貴戚之門嘗從太監王敬江南公幹所過需索財物括掠玩器及諸珍怪之物不勝騷擾事發棄市傳首梟於蘇州等處百戶韋瑛者嘗為太監汪直羽翼生事害人〻皆怨之直敗調任口外

然其害人之心未已也嘗掩捕百姓十餘人械送京師告變　上命會官鞠之則皆誣也蓋瑛媒蘖其狀欲藉此以立功耳反坐棄市梟首於其掩捕之地

嘉興之海鹽紹興之餘姚寧波之慈溪台州之黄巖温州之永嘉皆有習為倡優者名曰戲文子弟雖良家子不恥為之其扮演傳奇無一事無婦人無一事不哭令人聞之易生悽慘此蓋南宋亡國之音也其贗為婦人者名粧旦柔聲緩步作夾拜態往往逼真士大夫有志於正家者宜峻拒而痛絕之

俞漢遠上虞人能詩畫嘗贗保舉寓京師時吏部郭尚書知其能畫使人召之不赴召者曰冢宰人欲求一見而不可得子何獨不往漢遠曰吾以應薦而來今

往為之畫使他日得美除人將謂以畫得之卒不往後卒旅邸貧無所蓄鄉人裒金為斂之近有鍾欽禮者亦上虞人善畫山水以上司多好其畫輒以此傲人無何依託官府聲勢詐取人財事露問發充軍聞有持其畫奉予者予曰屋壁雖陋不掛賍金賊畫也古人看書畫一要師法古二要人品高人品不高雖工亦減價矣吾鄉張節之先生見人收蓄黄廉使翰草書即令裂去云好人家却收此人筆跡其疾惡如此

杭州府每歲春秋祭先聖及社稷山川二壇皆布政司官主之如先聖固天下之所尊而二壇神位明有府社府稷本府境內山川及城隍主名知府却不得主祭布政司統十一府却只作所治處一府祭主此等

禮制頗有窒礙不知當時儒臣議禮何以慮不及此

大明一統志即景泰間修而未成者天順間始成之初修時學士錢原溥為副總裁嘗欲志戶口而李文達以戶口戶部自有數慮傷繁而止按周禮獻民數於王王拜受之是民數朝廷之所重也苟在所當志何傷繁之慮耶如以此為戶部有數而不志則內外文武諸司之設吏兵二部有數學校寺觀禮部有數皆將不必志耶文達既自用而彭呂諸公又皆務為簡重不相可否故此書之成不但戶口之登耗無徵而已

浙江各府縣布政按察分司在府城者大率規制如一在各縣者按察分司多宏敞整麗布政分司多狹隘

朴陋初疑按察能糾察官吏貪污者懼致罪而然後至各府縣徧覽志書見按察分司皆建自洪武間布政分司至正統七年以後始有之乃得究知其所以然蓋　國初糾察諸司讞審庶獄在內從各道監察御史在外從按察司官處分其時御史建員未廣有事則奉命而出事竣即還巡按亦未有專官故按察之官職專而權重今分巡官各有印章此可見矣其後分遣御史巡按外藩按察之體勢由是始輕且御史所至更無察院每止宿按察分司而已分司既刱於經畫官府之初則廣狹豐儉得以如意為之故其規制多寬廣又以御史所寓禮宜致隆故有司以時修飾而華美中度布政司職理民事非奉部符不出

至宣德正統以來添官稍多始議置分司且其地率多即官府棄地為之故規制不能如意又分守官按臨不過信宿而去故有司忽之而修葺怠焉此蓋理勢使然非有意而優劣之故虛心觀理則理無不燭疑心待人則人鮮無過有官君子不可不知也

今府州縣戒石銘云爾俸爾祿民膏民脂下民易虐上天難欺本蜀主孟昶所作全文二十四句本名令箴宋太宗愛之摘此四句以刻石更今名耳近見紹興察院石刻高宗題其下云近見黃庭堅所書太宗皇帝御製戒石銘恭味旨意是使民于今不厭宋德也云云後有端明殿學士左朝議大夫簽書樞密院事權參知政事權邦彥特進尚書左僕射同中書門下

平章事兼知樞密院事都督江淮荆浙諸軍事吕頤浩等跋語以為五代之餘遺民赤子新去湯火太宗皇帝哀矜撫綏寄在守令乃發大訓垂諸庭石云云高宗暨其臣皆直以為太宗所自作誤矣祖全文二十四句詳見蜀志并吏學指南

糼嘗入神祠見所塑部從有袒裸者臂股皆以墨畫花鳥雲龍之状初不喻其故近於温台等處見國初有為雕青事發充軍者因詢問雕青之所以名一耆老云此名刺花繡即古所謂文身也元時豪俠子弟皆務為此兩臂股皆刺龍鳳花草以繁細者為勝洪武中禁例嚴重自此無敢犯者因悟少年所見即文身像也聞古之文身始於島夷盖其人常入水為生文

菽園雜記卷十　百二十七

其身以辟水怪耳聲教所暨之民以此相尚而傷殘體膚自比島夷何哉禁之誠是也由是觀之凡不美之俗使在上者法令嚴明無有不可易者彼以為民俗在所當順或以為政事當先所急而不為之所者皆姑息之政也

嘗聞胡地草皆白色惟王昭君葬處草青故名青冢朱温弑唐昭宗於椒蘭殿前血漬地處今生赤草岳武穆墳樹枝皆南向前二事皆不可見岳墳嘗往拜謁南枝之樹乃親見焉

唐選法試而銓〻而注〻而唱集衆告之然後類為甲上于僕射乃上門下省給事中讀之侍郎省之侍中審之不當者駁下既審乃上聞主者受旨奉行各給

以符謂之告身乃知告身非誥勑即今文憑類也嘗於南京吏部見國初新選官皆給黄紙印本符一通疑即告身之遺意文憑乃後來所更定主意在關防姦僞耳故到任即繳上之

曹娥碑後漢上虞令度尚字持中立弟子邯鄲淳字子禮撰蔡邕題其陰云黄絹幼婦外孫虀臼古碑已不存宋元祐八年正月左朝請郎充龍圖閣待制知越州軍州事蔡卞重書碑在今廟中又有後人臨邕八字其石方三尺許已破裂不全世傳曹操與楊修讀碑陰八字未達修欲言而操止之行三十里操始悟由是忌修斬之或謂操未嘗至越安得此事竊意操所謂讀非必廟中之碑殆榻本流傳它處者耳其言

修以是被斬則非也蓋修素與曹植相善植嘗乘車行馳道中開司馬門出魏武甚怒之既慮終始之變以修素有才策而又袁氏之甥也於是以罪誅之註謂以交搆賜死是也語在陳思王傳觀此則修之死非謂讀碑明矣

莫月鼎像吳門省鑑沈文明寫其自贊云雷霆散吏間應世緣若造此道先天後天丙戌上元月鼎自贊此像今在予家曾伯祖諱可山當元季之亂弃家為道士嘗從月鼎學五雷符水法遍遊江湖後歸老歿太倉長生道院此像之所自来也月鼎本湖州人歿於蘇州蘇湖志皆載其事宋學士景濂嘗為立傳予近裝潢成軸備書二郡志所載及宋傳於上以為家藏

云

古人書籍多無印本皆自鈔録聞五經印版自馮道始今學者蒙其澤多矣　國初書版惟國子監有之外郡縣疑未有觀宋潛溪送東陽馬生序可知矣宣德正統間書籍印版尚未廣今所在書版日增月益天下古文之象愈隆於前已但今士習浮靡能刻正大古書以惠後學者少所刻皆無益令人可厭　上官多以餽送往來動輒印至百部有司所費亦繁偏州下邑寒素之士有志佔畢而不得一見者多矣嘗愛元人刻書必經中書省看過下所司乃許刻印此法可救今日之弊而莫有議及者無乃以其近於不厚與

毘陵翟顏二生素交厚每相會輒談及國事一日顏書其所志以示翟言頗不謹既而自悔急遣人追索翟已執之為奇貨矣後顏登第為京職翟每從假貸即應之弗吝人以顏為伏義而不知為其制也一書記辛稼軒帥淮時陳同甫往謁之與談天下事稼軒酒酣言錢塘非帝王之居斷牛頭之山天下無援兵決西湖之水滿城皆魚鱉同甫夜料稼軒酒醒必悔恐殺己以滅口乃逃去月餘致書稼軒假十萬緡以濟貧稼軒如數與之古今人事固有偶同者然同甫平生自許甚重其亦為此耶

菽園雜記卷十

菽園雜記卷十　百三十

菽園雜記卷十一

吳郡陸容文量著

國初各布政司府州縣祭社稷風雲雷雨山川等壇以守禦武官為初獻文官為亞終獻洪武十四年定以文職長官行三獻禮武官不令與祭禮官之議大抵謂有司春祈秋報為民祈福文官職在事神治民武官職掌兵戎務專捍禦古之刑官不使與祭而況兵又為刑之大者武官不令與祭所以嚴事神之道而達幽明之交也然當時但言社稷等神而不及先聖此固主春祈秋報之說豈不以報本於先聖者不當以是拘抑豈不以古者出師受成釋奠皆必於學故略之耶宣德乙卯各處軍衛俱得設學春秋二祭皆

武官主之學官分獻而已使當時議禮者兼先聖廟祭而言則今日武官主祭與禮制悖矣此等事本出偶然〻亦若預為之地者誠可異也

琅邪郡名韻書云今沂州一曰滁州當以沂州為是齊景欲遵海而南放於琅邪是也滁州乃山名耳韻書誤矣

家有化書一册云宋齊丘撰宋學士景濂諸子辨云齊丘子六卷一名化書世傳為僞唐宋齊丘子嵩作非也作者終南山隱者譚峭景昇齊丘竊之者也後見一書有云景昇因游三茅道過金陵見宋齊丘出化書授之曰是書之化〻無窮願子序而傳之後世齊丘以酒飲景昇虐之盛醉以革囊裹景昇縫之投

深淵中奪此以為己書作序傳世後有隱者漁淵獲革囊剖而視之一人鼾睡囊中漁者大呼乃覺問其姓名曰我譚景昇也宋齊丘奪我化書沈我于淵今化書曾無行乎漁者荅曰化書行之久矣景昇曰化書若行不復人世矣吾睡此囊中得大休歇煩君將吾囊再縫而復投斯淵是亦願望漁者如其言再沈之齊丘後為南唐相不得其死宜哉此記齊丘奪書頗詳而似涉怪誕化書道藏中亦有之云真人譚景昇撰沈淵事若信有之景昇其所謂真人邪

嘗聞一醫者云酒不宜冷飲頗忽之謂其未知丹溪之論而云然耳數年後秋間病利致此醫治之云公莫非多飲涼酒乎予實告以遵信丹溪之言暑中常冷

飲醇酒醫云丹溪知熱酒之為害而不知冷酒之害尤甚也予因其言而思之熱酒固能傷肺然行氣和血之功居多冷酒於肺無傷而胃性惡寒多飲之必致鬱滯其氣而為亭飲蓋不冷不熱適其中和斯無患害古人有温酒暖酒之名有以也

宋祥興二年己卯胡主忽必列滅宋大興胡教任胡僧揤迂等滅道教十月二十日盡焚道藏經書是日火焚胡廟憫忠等寺一十三處其徒被火焚死者八十三人雷震死想埋等一十九人及張伯淳王磐等五人北方奉胡教者以非時雷震為懼每年至是日拜天謝過出歲時類紀此事若信有之神異甚矣但恐是道家者流附會之說

今人以正五九月新官不宜上任俗吏信之而見道明者固不忌也或云宋尚道教正五九月禁屠宰新官上任祭告應花神壇必用宰殺故忌之今人多不知其原遂有吉凶禁忌之疑此說有理然其事非始於宋始於唐高祖武德二年正月甲子詔天下每年正五九月並不行刑所在公私宜斷屠殺意者宋因之而益嚴耳詳見揮麈新録

古稱肩輿腰輿板輿筍輿兜子即今轎也洪武永樂間大臣無乘轎者觀兩京諸司儀門外各有上馬臺可知矣或云乘轎始於宣德間成化間始有禁例文職三品以上得乘轎四品以下乘馬宋儒謂乘轎以人代畜於理不宜固是正論然南中亦有無驢馬雇覓

處縱有之山嶺陡峻局促處非馬驢所能行兩人肩一轎便捷之甚此又當從民便不可以執一論也

諸司職掌是唐宋以來舊書　本朝因而損益之洪武二十三年改户刑二部所屬皆為浙江等十二部後又改六部子部為清吏司然今衙門名目制度改革官員品秩事體更易又多與　國初不同亦多該載未盡者衙門名目不同如吏部所屬文選等四清吏司舊云選部司封等部鴻臚寺舊云儀禮司之類是也制度改革不同如北平都布按三司今改為順天府并直隸府衛　承天門待詔觀察使中都國子監同〻欽天監五軍斷事司蒙古衛今皆裁革舊有左右春坊而無詹事府之類是也官員品秩不同如六

科都給事中正八品左右給事中從八品給事中行人司正俱九品各衙門司務行人司行人皆未入流之類是也事體更易不同如兵部之整點軍士飛報聲息舊屬司馬部今屬職方清吏司之類是也該載未盡者如兵部之將官將軍勇士之類是也必得刪訂增廣成書使一代之制粲然明白垂之萬世而足徵可也

鄼有二音一則旰切一才何切皆地名才何者縣屬沛國蕭何初封邑則旰者縣屬南陽蕭何子孫所封也楊震三鱣事音當作鱓若作本字則其魚長一二丈鸛雀豈能兼致乎近見一詩有只恐留侯笑鄼侯之句一詩以三鱣押入天字韻皆失之矣

嘗聞父老云　太宗初無入承大統之意袁珙之相有以啓之近見姚少師廣孝撰珙墓志有云洪武間上在潛邸聞先生名遣使以幣禮聘焉既拜受即沐浴戒行李而起及見　上大悅於是肅恭而前面對聖容俯仰左右一目而盡得矣先生再拜稽首而言曰聖上太平天子也龍形而鳳姿天廣地闊日麗中天重瞳龍髯二肘若肉印之狀龍行虎步聲如鍾實乃蒼生真主太平天子也年交四十髯鬚長過於臍即登寶位時上雖聽其説而未全信居無何先生辭還故里洪武三十五年壬午六月十七日　上誕膺天籙嗣登大寶因感先生昔言之驗於是勅遣内侍驛召至京拜太常寺丞授承直郎侍以特禮賜冠服

鞍馬文綺鈔錠及居第在京以便其老珙別有紀云洪武二十三年九月敬蒙燕府差人取至北平觀此則知太宗之有大志久矣珙之相特決之耳珙字廷玉號柳莊鄞人相術之妙詳見九靈山人戴良所著傳

河南湖廣之俗樹衰將死以沸湯灌之令浹洽即復茂盛名曰灸樹種竹以成林者時車水灌之故其竹不衰

宋朝崇信道教當時官觀寺院少有不賜名額神鬼少有不封爵號者如上虞曹娥立廟表曰始自漢世亦足以示勸矣宋大觀四年八月封為靈孝夫人政和五年十一月封為靈孝昭順夫人淳祐六年六月封為靈孝昭順純懿夫人又封娥父為和應侯母為慶

善夫人各有封勑尚存予嘗謂當時中書省官一半歲月與神鬼幹事其代言之臣尤為孟浪如漢碑言娥父盱能按節歌舞婆娑樂神婆娑蓋舞貌其封和應侯勑乃云爾迎婆娑之神至於溺死不亦可笑乎本朝著令有司春秋致祭神主曰漢孝女曹娥之神革去前代封爵名正言順真可謂萬世法矣然娥之孝豈待爵號顯哉今其江其鎮其舘驛鹽場壩堰急逓鋪之類皆以曹娥為名蓋將歷萬世而不泯矣

舊制軍職疾故子弟年十五得承襲官職者比試武藝而官之試不中者不得輒入選老而無子者月給全俸早亡而妻守寡者月給俸二石子患殘疾不能承襲者月支俸三石十年内有子仍襲祖職十年後有

子不准襲令為民無子而有孤女者月給俸五石年至十五住支名曰優養故官子弟年幼未襲者亦給全俸名曰優給在任犯罪監故子弟應優給者月給半俸出幼即承襲者免調别衛年二十以上者俱調衛仍支全俸至永樂間凡以奉天征討得功者子弟俱容至十六歲承襲且免比試武藝子患殘疾者給全俸終身十年後有子俱准承襲父犯罪監故子承襲者不拘年之長幼一例免調衛孤女優養者不拘出幼至適人始住給凡事優厚於舊名曰新官而以開國功臣名曰舊官予官武選時嘗竊以為　高皇起布衣得天下於群雄之手　文皇起藩邸得天下於一家之親其難易固當有辨而待功臣之典厚薄

如此揆之治體似未穩當嘗欲建白其事而一之使
法制適均事跡不顯未久外陞而止
寧波奉化縣有鮚鮪巡檢司初不觧其名義攷之志書
引顔師古云鮚音結蚌也長一寸廣二分有小蟹在
其腹中埼鉅依反曲岸也其中多鮚故以名今埼作
鮪韻書並無因印文之誤耳
梁山伯祝英臺事自幼聞之以其無稽不之道也近覽
寧波志梁祝皆東晋人梁家會稽祝家上虞嘗同學
祝先歸梁後過上虞尋訪之始知為女歸乃告父母
欲娶之而祝已許馬氏子矣梁悵然若有所失後三
年梁為鄞令病死遺言葬清道山下又明年祝適馬
氏過其處風濤大作舟不能進祝乃造梁冢失聲哀

慟忽地裂祝投而死焉馬氏聞其事於朝丞相謝安請封爲義婦和帝時梁復顯靈異效勞於國封爲義忠有司立廟於鄞云吳中有花蝴蝶橘蠹所化也婦孺以梁山伯祝英臺呼之

世傳元荅吉太后寓懷慶時惡聞蛙聲傳旨諭之蛙不復鳴及僧法衍禁蛙池事蓋皆後人附會之説耳吾崑城半山橋人家夏月不設蚊帳而終夜無蚊餘杭抵富陽各縣皆深山茂林中暑月不聞蟬鳴渡江至蕭山界則蟬聲滿耳觸類而長之乃知蛙事之妄也

駱賓王靈隱寺詩有待入天台路看予渡石橋之句釋之者云赤城山上有石橋懸渡石屏風横截其上赤城山即天台山之一也又引顧凱之云天台石橋廣

不盈尺長數十步至滑下臨絶寘之澗嘗問之天台人亦極誇其幽迥奇絶似非人世所有者壬子七月十八日與潘僉憲應昌乗興往觀跋涉嶺澗行三十餘里至其處路極險僻蓋天台諸山之水自西北流者中分二派一下自南一下自東皆會於此當二水之衝有石隱隱横亘其下者三横石之外石勢直下壁立數丈飛瀑下瀉其聲如雷而石橋正當其前橋之兩端抵澗兩崖約長數十步其上中隆而旁殺若驝背然其下齊平如截橋之下石勢壁立而下者又數丈飛瀑出其下散激震怒勢益湍急自此而下其深莫測矣始信其幽怪奇絶誠非人間所有又以知石橋本在山下深澗中彼以為懸渡赤城山上石屏

風橫截其上者皆妄也應昌生長天台亦未之到則台人所云其中方廣寺為羅漢出没之處皆謬妄不足信矣

雁蕩山之勝著聞古今然其地險遠至者絶少弘治庚戌十月按部樂清嘗一至焉蕩在山之絶頂中多葭葦每深秋鴻雁來集故名山僧亦不能到其處聞之樵者云然耳山下有東西二谷東谷有剪刀峯瀑布泉頗奇大龍湫在其上西谷有常雲峯在馬鞍嶺之東展旗石屏天柱玉女卓筆諸峯皆奇峭聳直高插天半而不沾寸土其北最高且大橫亘數十里石理如湧浪名平霞嶂靈岩寺在諸峯巑岏中於此獨立四顧心目驚悸清氣砭骨似非人世令人眷戀裴回

不忍舍去回視西湖飛來等峯便覺塵俗無餘韻矣
平霞嶂西一洞中有石下垂泉涓涓出二竅中名象
鼻泉古今題詠頗多別有游雁蕩山記
宋建炎初孔子四十八代孫襲衍聖公端友扈駕南渡
端友歿子玠襲封始寓衢州紹興六年詔權以衢州
學為家廟賜田五頃孫搢文遠萬春洙六十年間俱
襲封淳祐乙卯郡守孫子秀請于朝以城北閒地建
孔氏家廟規制視祖庭丙子燬於盜洙遂即其家以
祀元至元十九年有詔孔氏子孫寓衢者赴闕洙及
弟演子措入覲奉問勞獎諭授國子祭酒浙東提學
以宋政和年所降襲封銅印納于朝其封爵遜於曲
阜弟襲爲

浙江王都指揮澤嘗宿嘉興天寧寺既去有僧入其卧處見一蛇蟠榻上乃闔門而出俄而二健卒趨至取其所遺金帶去蓋即僧所見蛇也

浙江銀課洪武間歲辦二千八百七十餘兩永樂間增至七萬七千五百五十餘兩宣德間增至八萬七千五百八十餘兩後鎮守太監李德兵部尚書孫原貞奏坑户實辦銀二萬五千七百九十餘兩陪納六萬一千七百八十餘兩正統間減數止辦三萬八千九百三十餘兩景泰七年實得一萬六千零六十五兩天順六年三萬零四十八兩成化三年奉　勑辦銀二萬一千二百五十兩成化五年減數一萬零二百三十七兩有奇因太監盧永之奏也未幾又奉　勅

照天順六年三萬零四十八兩成化十九年又因太監張慶之奏照成化三年二萬一千二百五十兩以後額辦處州府所屬各縣二萬一千二百五十兩溫州府泰順縣九百九十一兩八錢共二萬二千二百四十一兩比之成化三年額數多九百九十一兩弘治二年減免一萬一千四百兩止辦解一萬零八百四十一兩又禁取額外耗銀三千餘兩從巡按御史暢亨之奏而刑部侍郎彭公韶覈實其事今人全歸功於彭非也暢後以事調外任而其功不可泯故記之

孔子先簿正祭器不以四方之物供簿正釋者謂先以簿書正其祭器使有定數而不以四方難繼之物實

之今之祭禮通行天下器有定數物有定品使易遵行正合此意然天下風氣不同土產異宜自有不能律者如鹿兎北方最易得南方澤國則得之已難今蘇松嘉興二祭鹿兎皆買之鄰郡價亦頗費廣東全不產兎每以胡孫代之聖人知周天下而猶如此然則堯舜猶病亦勢然也

廣西有蚺蛇其肉無毒土人食之其脂與涎沫著男陰郎消縮不舉嘗聞有軍士若干涉一水皆病陰痿盖此水乃蚺蛇出沒處有涎沫其中故也輟耕録記佻達少年奸淫藥被人左使致終身不舉者疑即其脂也又見孫思邈千金方鹿脂亦然

張御史云成化間盜發韓魏公冢得金銀器頗多黃金

帶至三十六腰其富可知予意此帶必是君賜若其自置則失之不儉受之人則失之不廉以此殉葬非徒無益而反害之魏公在當時偉然人望也必其子孫愚昧致有此耳按葉文莊嘗問永寧倉官言魏公墳去彰德城不及二十里碑石羊虎悉曰嘗建趙王府鑿煉盡矣數年前亦經盜發此當是公爲山西參政在宣府修理八城時所記則魏公冢被發久矣此蓋別一韓姓者

客商同財共聚者名火計古木蘭辭云出門看火伴火伴皆驚怅唐兵制以十人爲火五十人爲隊火字之來久矣今街市巡警鋪夫率以十人爲甲謂之火夫蓋火伴之火非水火之火也俗以火計爲夥計者妄

矣

高皇嘗問劉三吾所居山川形勢三吾具言其家所面峯巒甚奇乃圖以上　上笑云何用如許以筆視山峯尖起處悉塗抹之未幾其山一夕被雷尖起處悉擊去意者　聖天子動與天合而然耶聞之劉時雍云

成化間山東魚臺縣民穿窖得古冢中一甕取以貯水貯之輒涸民以其不利置之大樹上時嗚嗚作聲民怪而破之後有識者云此寶器也一鏡照野外數里村落人畜皆見縣官聞而取之浙江督漕張都指揮洪嘗買其石槨二板親聞其事

投壺射禮之變也雖主樂賓而觀德之意在爲後世若

司馬公圖格雖非古制猶有古人遺意近時投壺者則淫巧百出畧無古意如常格之外有投小字川字畫卦過橋隔山斜揷花一把蓮之類是以壺矢爲戲具耳予初時於燕集見人寫字畫卦亦嘗爲之後即慙悔雖違衆不恤蓋非欲自重亦以禮制心之一也近見鎮江一倅有鐵投壺狀類蠋蘗身爲竹節梃下分三足上分两岐横置一鐵條貫以三圈爲壺口耳皆有機發矢觸之則旋轉不定轉定復乎投矢其中昔孔子歎觚不觚其所感者大矣今壺而不壺能無感乎蓋世之衒奇弄巧廢壞古制至此極矣豈但投壺之非禮而已哉

羅狀元應魁復官後以病請告還鄉從游者頗衆遂立

為鄉約凡為不善者衆不之齒大惡者棄之於是有強梁者一二人皆被執而投之水鄉人不平訟於官而應魁適已卒其徒十餘人皆坐謀殺人為羅倫從者律使應魁不死将置之重辟無辭矣今幸而不受顯戮然殺人之名沾污案牘傳道人口寧不為文法吏之所詆笑哉借曰起自草茅未嘗讀律然臣而作福作威及非士師而殺人者經傳具有明訓而妄作如是何邪予初聞此不信近審之劉方伯時雍乃知誠然未嘗不深為之惜也

花蕊夫人有二以宮詞著者本蜀主孟昶妾費氏宋太祖取蜀收入掖庭其有墓在閩之崇安者本南唐宮人隨後主歸宋選入後宮太祖以其亦能詩謂之小

花蕊云

司禮太監懷恩成化初以祖充雲南某衛軍乞取其族子一人為後尋官之太倉有武職以將才舉者久不遷寅緣其族子求見恩笞其族子而拒之都御史王公越嘗至其内宅恩命小火者二三人以頭挂其腰而出之越卒不得入兵部王公恕之得召為吏部皆其力也成化末邵妃方被寵　上將有廢易意召恩與謀之恩叩頭曰此　朝廷大事不敢苟且明早退朝時當與内閣大臣議之　上以為然明日將臨御呼恩左右以疾對使問之云本無疾昨聞　聖旨驚成疾耳由是事不諧而止未幾發遣司香　皇陵今上即位復召入多所匡正卒于官

内閣文臣之設始於永樂年間此予所舊聞故弘治初論事嘗及之近聞李子易内翰云嘗見　太祖實録洪武中黄子澄齊泰皆太常少卿方孝孺翰林侍講同在内閣意者其時備顧問而已未必若後來諸公寵任之隆得專政柄也

温州樂清縣近海有村落曰三山黄渡其民兄弟共娶一妻無兄弟者女家多不樂與以其孤立恐不能養也既娶後兄弟各以手巾為記日暮兄先懸巾則弟不敢入或弟先懸之則兄不入故又名其地為手巾嶴成化間台州府開設太平縣割其地屬焉予初聞此風未信後按行太平訪之果然蓋島夷之俗自前代以來因襲久矣弘治四年予始陳言于朝請禁之

有弗悛者徙諸化外法司議擬先令所司出牓禁約
後有犯者論如姦兄弟之妻者律　上可之有例見
行

蔌園雜記卷十一

菽園雜記卷十二

吳郡陸容文量著

新昌嵊縣有冷田不宜早禾夏至前後始插秧々已成科更不用水任烈日暴土拆裂不恤也至七月盡八月初得雨則土蘇爛而禾茂長此時無雨然後汲水灌之若日暴未久而得水太早則稻科冷瘦多不叢生予初不知其故偶見近水可汲之田如是怪而問之農者云々始知觀風問俗不可後也山陰會稽有田灌鹽滷或壅鹽草灰不然不茂寧波台州近海處田禾犯鹹潮則死故作碶堰以拒之嚴州壅田多用石灰台州則煆螺蚌蠣蛤之灰不用人畜糞云人畜糞壅田禾草皆茂蠣灰則草死而禾茂故用之

嚴州山中灌田之法有水輪其制約水面至岸高若干尺如其度為輪輪之輻以細木幹為之每輻出桷處繫一竹筒但微繫其腰使兩頭活動可以俯仰置軸半岸貫輪其上岸上近輪處置木槽以承水溪水散緩則以石約歸輪下使急水急則輪轉如飛每筒得水則底重口仰及轉至上則筒口向下水瀉本槽分流田中不勞人力而水利自足蓋利器也夫桔槔隨處有之或運以手或運以足或運以牛機器之巧無踰此矣山中深溪高岸桔槔之巧莫能施矣於是乎有水輪之制焉蓋制器利用苟有益於斯世則君子取爲漢陰抱甕之說特憤世疾邪之所為未足以喻廣大也

馮婦善搏虎卒為善句士則之句野衆搏虎〻負嵎馮婦攘臂下車衆皆悅之其為士者笑之近見嘉興刻本點法如此頗覺理勝蓋悅之者搏虎于野之衆笑之者則之〻士也前後相應

廣西有庹姓音託今吳中人伸兩臂量物曰託庹既與度似而又從尺疑即此欸陝西有夯字音罕持物也奋音胎字上聲南人罵北人為奋子廣東有𡘙字音柰平聲老年所生幼子要音少杭人謂男之有女態者娋音其絙反謂子之幼稺者吽讀如撼恨其人而欲害之〻辭越中有此等字往〻於訟牒中見之

世傳水母以鰕為眼無鰕則不能行云鰕聚食其涎因載之以行近聞温州人云水母大者圓徑五六尺肥

厚而重一人止可擔二箇頭在上面正中兩眼如牛乳剖之中各有小紅鰕一隻故云以鰕為眼前説非也又水母俗名海螫直列反但不知為某字松江志作海螫或作海蜇翰墨大全作海蛇按螫蟲冬伏也蜇蟲傷人也皆非物名亦非直列音蛇音除駕本草作蜡音同音雖非直列實水母之異名温州人又呼水母為鮓魚鮓字無義豈即蛇音之訛邪

晉以前碑皆不著撰人姓名唐人倂著書人姓名然其書多是名公親筆宋以來書者篆額者皆具名　本朝碑記惟勑建并士大夫家所制者皆名公親筆其餘多是盗書顯官之名以衒俗耳且撰者必曰撰文書者必曰書丹蓋分行以書湊篆額字耳職銜字多

少不一又必上下取齊中多空字古意絶亡矣予近令人書碑記獨不然

大江中金焦二山金以裴頭陀開山得金而名焦以焦隱士所居而名近遊焦山讀徐武功壯觀亭記云古稱金鰲浮玉二山為江漢朝宗于海之門戶即今京口金焦是已蓋省文易名因以淆譌故郡志無考然焦有古刻浮玉之名尚存嵒石而江表之人猶稱焦門為可證爲是以金山為金鰲焦山為浮玉矣疑而考之郡志及它紀載則金鰲乃金山中亭名浮玉本金山別名也焦山所刻二字筆勢肥弱蓋宋元人所書武功所云不知何據

清風嶺在嵊縣界宋末台州王節婦被虜至此投水死

嶺本名青峯後人高其節改今名事具李孝光所作傳及士大夫紀述楊廉夫獨立異為詩云界馬馱〻百里程青峯後夜血書成只應劉阮桃花水不及西陵漢水清葉文莊記夏憲使言昔有人以王節婦之死為無是事作詩非之其人後絕嗣詩云嚙指題詩似可哀班〻駁〻上青苔當初若有詩中意肯逐将軍馬上来正與廉夫意同絕嗣未必係此然貞女節士正偷生忍恥之人之所惡聞必欲陰伺疵釁而壞之者也厚德之士其忍為此輩助虐耶

今旌表孝子節婦及進士舉人有司樹坊牌於其門以示激勸即古者旌別里居遺意也聞國初惟有孝行節烈坊牌宣德正統間始有為進士舉人立者亦惟

初登第有之仕至顯官則無矣天順以來各處始有冡宰司徒都憲等名然皆出自有司之意近年大臣之家以此為勝門有三坐者四坐者亦多干求上司建立而題署且復不雅如壽光之柱國相府嘉興之皇明世臣亦甚夸矣近得中吳紀聞閱之見宋蔣侍郎希魯不肯立坊名深歎古人所養有非今人所能及者吾崑山鄭介菴晚年撤去進士坊牌云無遺後人笑也

今人以猜拳為藏鬮〻音鳩古無此字殷仲堪與桓元共藏鉤顧愷之取鉤桓遂勝或云漢鉤弋夫人手拳曲時人效之因為此戲然不知鬮字何從始也

中酒之中本平聲唐人云醉月頻中聖近來中酒起常

遲阻風中酒過年〻東坡詩云臣今時復一中之今人作去聲如中風中暑之中非也

温州樂清縣學舊有三賢祠三賢者宋賈司理如規錢孝廉堯卿王龍圖十朋也如規字元範補太學生初調廣昌尉再調興國軍司理不赴靖康之難身先諸生不肯逃避族里賴之時稱尚義者必曰賈司理堯卿字熙載吳越王七世孫孝友夙著紹興間舉孝廉未仕卒十朋字龜齡紹興間廷試第一學業純正後以龍圖學士致仕其祠舊在大成殿戟門之右後人因其廢易為神廚弘治三年予按部至謁廟訪求其處欲復之無隙地戟門之左有梓潼神祠云是洪武間黄教諭所建命撤其像復作三賢神主而增入

本朝章恭毅公綸改曰鄉賢祠不限其數以俟來者

普怛落伽山或作補陀落伽在寧波府定海縣海中約遠二百里餘世傳觀音大士嘗居此愚夫往〻有發願渡海拜其像者偶見一鳥一獸遂以為大士化身之應餘姚誌中載賈似道嘗至此山見一老僧相其必至大位而去再求之不復可得亦以為大士應驗予謂自古姦邪取非其有未有不託鬼神恊助以塗人之耳目者似道自知倖致高位恐人議己故詐為此説以聾瞽愚俗耳不然福善禍淫神之常道設使不擇是非求即應之豈正神哉普怛落伽華言白花此山多生山礬故名今人於象設大士處扁曰補陀勝境特磔島夷一白字耳義安取哉山礬本名鄭花

其葉可染功用如礬王荊公始以山礬名之

懞丁來切註云失志貌蘇州人謂無智術者為獃杭州以為懞同年吳俊時用美姿容而不拘小節杭人呼爲吳阿懞嘗自云我死大書一名於墓前云大明吳阿懞之墓若書官位便俗矣惜乎韻無此字人亦多不識蓋初登第時聞此言今已二十七年而時用下世亦數年矣雖出一時戲言亦可見其曠達昨檢韻海偶得此字而記之

兩浙鹽運司所轄共三十五場清浦等一十三場在蘇松嘉興地居浙之西而天賜一場隔涉崇明縣海面西興等二十場在紹寧温台地居浙之東而玉泉一場隔涉象山縣海面其杭州府仁和許村二場雖居

菽園雜記卷十三　百四八

浙西場分則歸浙東凡浙東鹽共一十萬七千五百餘引除水鄉納銀外該鹽一十萬六千一百九十餘引浙西鹽共一十一萬四千八百餘引除水鄉納銀外該鹽七萬二千六百餘引各以一半折價觧京一半存留給客浙西多平野廣澤宜於舟楫鹽易發散故其利厚觧京銀每一大引折銀六錢浙東多阻山隔嶺舟楫少通不便商旅故其利薄觧京銀每一大引折銀三錢五分俱便竈户凡鹽利之成須藉滷水然滷之淋取又各不同有沙土漏過不能成鹹者必須燒草為灰布在攤場然後以海水漬之俟曬結浮白掃而復淋有泥土細潤常涵鹹氣者止用刮取浮泥攤在攤場仍以海水澆之俟曬過乾堅聚而復淋

夏用二日冬則倍之始鹹可用於是將曬過鹹泥約五六十擔挑積高阜修為方丈池槽旁下掘成井口用管陰通再以海水傾漬池中鹹泥使滷水流入井口然後以重三分蓮子試之先將小竹筒裝滷入蓮子於中若浮而横倒者則滷極鹹乃可煎燒若立浮於面者稍淡若沈而不起者全淡俱棄不用此蓋海有新泥及遇雨水之故也

凡煎燒之器必有鍋盤鍋盤之中又各不同大盤八九尺小者四五尺俱用鐵鑄大止六片小則全塊鍋有鐵鑄寬淺者謂之鐅盤竹編成者謂之篾盤鐵盤用石灰粘其縫隙支以磚魂篾盤用石灰塗其裏外懸以繩索然後裝盛滷水用火煎熬一晝一夜可煎三

乾大盤一乾可得鹽二百斤之上小鍋一乾可得鹽二三十斤之上若能勤煎可得四乾大盤難壞而用柴多便於人衆浙西場分多有之小盤易壞而用柴少便於自己浙東場分多有之蓋土俗各有所宜也

高憲副宗選論今人於人物是非不公臧否失當者譬之觀戲有覩至闗目處或點頭或按節或感泣此皆知音者彼庸夫孺子環列左右不觧也一遇優人插科打諢作無恥狀君子方為之羞而彼則莫不歡笑自得蓋此態固易動人而彼所好者正在此耳今之是非不公臧否失當何以異此〻言可謂長於譬喻者矣

嘗聞吳文恪公訥為御史廵按浙江時壞秦檜碑而未

知其詳疑其為檜德政碑及來浙江聞仁和縣學有宋刻石經往觀之并見此刻始知公所壞即此石非檜德政碑也然於此有以見公學術之正論議之公有補於風教多矣公文集未得見此作未知載否因録以記之右宣聖及七十二弟子贊宋高宗製并書其像則李龍眠麐所畫也高宗南渡建行宮于杭紹興十四年正月始即岳飛第作太學三月臨幸首製先聖贊後自顏淵而下亦譔辭以致褒崇之意二十六年十二月刻石于學附以太師尚書左僕射同中書門下平章事兼樞密使秦檜記檜之言有曰孔聖以儒道設教弟子皆無邪雜背違於儒道者今搢紳之習或未純乎儒術顧馳狙詐權譎之說以僥倖於

功利其意蓋為當時言恢復者發也嗚呼靖康之禍二帝蒙塵汴都淪覆當時臣子正宜枕干嘗膽以圖恢復而檜力主和議攘斥衆謀盡指一時忠義之言為狙詐權譎之論先儒朱熹謂其倡邪說以誤國挾虜勢以要君其罪上通於天萬死不足以贖者是也昔龜山楊先生時嘗建議罷王安石孔廟配享識者韙之訥一介書生幸際　聖明備員風紀茲於仁和縣學得觀石刻見檜之記尚與圖贊並存因命磨去其文庶使邪詖之說姦穢之名不得廁于聖賢圖像之後然念流傳已久謹用備識俾後覽者得有所考云

漕運定規每歲運粮四百萬石内兊運三百三十萬石

支運七十萬石分派浙江江西湖廣山東各都司中都留守司南京江南江北直隸一十三把總管轄各衛所旗軍領運浙江都司運船共一千九百九十九隻每船或軍十名或十一名或十二名共該旗軍二萬一千六百七千名每船大約裝運正米三百石連加耗四百餘石共該裝運七十餘萬石該運粮者杭州前杭州右海寧温州台州處州寧波紹興凡八衛海寧金華衢州嚴州湖州凡五所其餘沿海備倭衛所俱不運粮自宣德八年裏河漕運到今皆然運船每五年一造每一船奏定價銀一百兩軍衛自備三十兩府縣出價七十兩兑運者各衛所軍駕船至府縣水次倉兑粮起運京倉通州倉交納支運者原係

民夫民船運至淮安徐州臨清德州四倉軍人駕船於四倉支運京通二倉近年又有改兑之名蓋免民起運淮安等倉加與耗米就令軍船各到該運府縣兑粮直抵京通二倉也

禹廟在會稽山下規模弘敞塑像工整所謂窆石者相傳為葬禹衣冠處其石形稍類鍾刻篆已剥落不可辨矣南鎮之廟亦塑神像則甚無謂嘗語府官當去像留主為合禮意彼以為自國初以來有之似不可毁嘗思之孔子與諸賢皆人鬼 高皇初建國學時皆革塑像用木主嶽鎮海瀆不可以形像求者豈令用塑像耶此必前代舊物洪武初正祀典詔下有司無識失於改正耳決非朝制也

劉時雍爲福建右參政時嘗駕海船至鎮海衛遥見一高山樹木森然命帆至其下舟人云此非山海鰍也舟相去百餘里則無患稍近鰍或轉動則波浪怒作舟不可保劉未信注目久之漸覺沈下少頃則滅沒不見矣始信舟人之不誣蓋初見如樹木者其背鬣也

古人謂墓祭非禮故禮無墓祭之儀朱子亦嘗謂其無害於義蓋以孝子感時物之變有不忍遽死其親之心不能不然此說是也抑又有可言者葬後題主謂親之神䰟已附於主故凡有事薦祭惟主是尊是親然爲主之木與吾親平昔神䰟素不相干特以禮制所在人心屬爲親之體魄平昔神䰟之所依載安知

委魄之後神魂不猶依於此乎蓋魄有定在而魂無不之古人之祭或求諸陽或求諸陰或求諸陰陽之間不敢必也故以墓祭非禮而不行者泥古忘親者也行之無害也

蘇東坡有云紫李黄瓜村落香黄瓜今四五月淹為葅者是也月令四月王瓜生苦菜秀王瓜非今作葅之瓜其實小而有毛本草名菝葜京師人呼為赤包兒謂之瓜者以其根相似耳今人以其與苦菜並稱遂疑即今黄瓜而反以黄字為譌木綿花生南越樹高四五丈花紅似山茶子如楮實綿出子中可貯茵褥蘇州人稱攀枝花者是也今紡織以為布者止可名綿花雲間通志以為木綿花蓋踵蔡氏誤耳又嘗見

一士人家葵軒卷中記序題詠皆形狀今蜀葵花蓋不知傾陽衛足自是冬葵可食者詩七月烹葵及菽公儀休拔園葵皆是也古人文字中記載名物必攷覈精詳故少有此失

成化末里人朱全家白日群鼠與貓鬬貓屢却全卧見之以物投鼠不去起而逐之才去

江南自錢氏以來及宋元盛時習尚繁華貴富之家於樓前種樹接各色牡丹於其杪花時登樓賞翫近在欄檻間名樓子牡丹今人以花瓣多者名樓子未知其實故也

兵部尚書王公恕在南京參贊機務時與王公與友善作大司馬三原王公傳刻板印行太醫院判劉文泰

與公有怨，上書訟其變亂選法數事，且言其作傳刻板，皆諷人為之，彰一己之善，顯　先帝之過，以印本封進。　上不罪公，令燒毀板籍而已，公遂乞致仕去。予謂板刻之舉，或出於門生故吏，而公以老成位冢宰，初無禁止之言，坐致奏訐以罷，不亦深可惜哉。

廩生久滯，宜擇其行檢端謹、學業優長、可當科目遺材者，善為疏拔之計，不當專論其齒。宣德中從胡忠定公濙之請，起取四十歲以上廩生入國學需次出身。天順初從都御史李公賓之請，又一行之，皆姑息之政也。然宣德、正統間，監生惟科貢、官生三種而已，故此輩得以次進用。景泰以來，監生又有他途進者，雖科貢之士亦為阻塞，中間有自度不能需次者，多就

校職餘至選期老死殆半矣近聞北畿巡撫張公鼎亦建此議禮部寢之是能不以姑息結人心者也

古之君子以軍功受賞猶以為恥而近時各邊巡撫文臣一有克捷則以其子弟女壻冒濫陞賞要君欺天無恥甚矣予所見大臣不以軍功私其子弟者白恭敏余肅敏二公而已白薨後其子繽陳乞官之余薨後朝廷欲官其子以子寘擧人乃官其孫

近至温州訪問前任知府之賢者士大夫每以何文淵為稱首蓋其廉能之譽初非過情而惠利之及民者亦多故民猶稱之若所謂却金舘之作則不能無意於沽名故今往來題詠者誅心推隱無已此所謂求全之毁也

浙之衢州民以抄紙為業每歲官紙之供公私糜費無筭而内府貴臣視之初不以為意也聞天順間有老内官自江西回見内府以官紙糊壁面之飲泣盖知其成之不易而惜其暴殄之甚也又聞之故老云洪武年間國子監生課簿倣書按月送禮部倣書發光禄寺包麪課簿送法司背面起稿惜費如此永樂宣德間鼇山烟火之費亦兼用故紙後來則不復然矣成化間流星爆杖等作一切取榜紙為之其費可勝計哉世無内官如此人者難與言此矣

王冕紹興人國初名士所居與一神廟切近爨下缺薪則斧神像爨之一鄰家事神惟謹遇冕毀神像輒刻木補之如是者三四然冕家人歲無恙補像者妻孥

沾患時〻有之一日召巫降神詰神云晃屢毁神〻
不之咎吾輒為新之神何不祐耶巫者倉卒無以對
乃作怒曰汝不置像彼何從而爨邪自是其人不復
補像而廟遂廢至今以為笑談

王琦字文璡仁和人鄉貢試禮部副榜授汝州學正擢
監察御史以學行老成稱陞山西按察僉事提督學
校士風為之丕變改四川不樂乞致仕歸年才五十
琦以清介自持在官門無私謁平生不治生產居貧
晏如也值歲大侵無以為朝夕冬且暮大雪日僵卧
不能出門戶有饋非故舊不受即故舊至數亦却之
鄰有唁之曰當路甚重公舉一言何所不濟何乃自
苦如此琦曰吾求無所愧於心耳雖饑且寒無不樂

也何啻之有天順間竟以饑寒卒杭州守胡濬聞而弔之告布按二司為祀之於杭學鄉賢祠出祠録

景泰間温州樂清縣有大魚隨潮入港潮落不能去時時歘水滿空如雨居民聚集礫其肉忽一轉動溺水死者百餘人自是民不敢近日暮雷雨飛躍而去疑其龍類也又一日潮長時魚大小数千尾皆無頭蔽江而過民異之不敢取食疑海中必有惡物囓去其首然囓而不食其多如許理不可究予宿雁蕩聞之一老僧云

商文毅公輅父為府吏生時知府夜遥見吏舍有光跡之非火也翌旦問群吏家夜有何事云商某生一子知府異之語其父云此子必貴宜善撫之後為舉子

浙江鄉試禮部會試廷試皆第一景泰間仕至兵部
侍郎兼春坊太學士入內閣天順初罷歸有醫善太
素脉公命診之云歆祿十年當再起成化初復起入
閣數年致仕

菽園雜記卷十二

菽園雜記卷十三

吴郡陸容文量著

江南名郡蘇杭並稱然蘇城及各縣富家多有亭館花木之勝今杭城無之是杭俗之儉朴愈於蘇也湖州人家絶不種牡丹以花時有事蠶桑親朋不相往來無暇及此也嚴州及於潛等縣民多種桐漆桑桕麻苧紹興多種桑茶苧台州地多種桑桕其俗勤儉又皆愈於杭矣蘇人隙地多榆柳槐樗楝榖等木浙江諸郡惟山中有之餘地絶無蘇之洞庭山人以種橘為業亦不留惡木此可以觀民俗矣

石首魚四五月有之浙東温台寧波近海之民歲駕船出海直抵金山太倉近處網之蓋此處太湖淡水東

注魚皆聚之它如健跳千户所等處固有之不如此之多也金山太倉近海之民僅取以供時新耳温台寧波之民取以為鯗又取其膠用廣而利博予嘗謂瀕海以魚鹽為利使一切禁之誠非所便但今日之利皆勢力之家專之貧民不過得其受雇之直耳其船出海得魚而還則已否則遇有魚之船勢可奪則盡殺其人而奪之此又不可不禁者也若私通外蕃以啓邊患如閩廣之弊則無之其採取淡菜龜脚鹿角菜之類非至日本相近山島則不可得或有啓患之理此固職巡徼者所當知也

西湖三賢祠〻唐白文公樂天宋蘇文忠公子瞻林處士逋也樂天守杭日嘗築捍錢唐湖鍾洩其水溉田

千頃復修六井民賴其利子瞻初通判杭州後復爲守開西湖作長隄中爲六橋又濬城中六井與民興利除害郡人德之林處士則以其風節之重耳考之郡志郡故斥鹵唐興元間鄴侯李泌守杭鑿六井引西湖水入城民受其惠則杭之水利興自鄴侯而白蘇二公之所修濬者其遺蹟也知有白蘇而忘鄴侯可乎竊謂三賢祠當祠李白蘇三公以遺愛和靖則別祠於其舊隱巢居閣或四照堂以表風節斯於事體爲得宜也

衢之常山開化等縣人以造紙爲業其造法採楮皮蒸過擘去粗質糝石灰浸漬三宿蹂之使熟去灰又浸水七日復蒸之濯去泥沙曝曬經旬舂爛水漂入胡

桃藤等藥以竹絲簾承之俟其凝結撤置白面以火乾之白者以磚板制為案卓狀圬以石灰而厝火其下也

西湖相近諸山如飛來峯石屋寺烟霞洞等處皆岩洞深邃可愛然每處刻佛像破碎山壁亦令人可厭飛來峰散刻洞外石屋寺刻洞中大小至五百餘像烟霞洞所刻尤多盖皆吳越及宋人之製予烟霞洞詩有刻佛過多清氣減之句正以其可厭耳

温茶即辟麝草酒煎服治毒瘡其功與一枝箭等未知果否一枝箭出貴州同五味子根金銀藤共煎能愈毒瘡

猫生子胎衣陰乾燒灰存性酒服之治噎塞病有效聞

貓生子後即食胎衣必候其生時急取則得稍遲則落其口矣

國初賜謚惟公侯伯都督凡勳戚重臣有之文臣有謚始於永樂年間然得之者亦鮮矣今六卿之長翰林之老鮮有不得謚者古之謚必有議 本朝無此制故諸老文集中無此作

作興學校本是善政但今之所謂作興率不過報選生員起造屋宇之類而已此皆末務非知要者其要在振作士氣敦厚士風奬勵士行今皆忽之而惟末是務其中起造屋宇尤為害事蓋上官估費動輙銀幾千兩而府縣聽囑於旁緣之徒所費無幾侵漁實多是以虛費財力而不久復敝此所謂害事也況今學

舍屢修而生徒無復在學肄業入其庭不見其人如廢寺然深可嘆息為此者但欲刻碑以記作興之名而不知作興之要故也

歐公記錢思公坐則讀經史卧則讀小說上厠則閱小辭未嘗頃刻釋卷宋公在史院每走厠則挾書以往諷誦之聲琅然外聞此雖足以見二公之篤學然溷厠穢地不得已而一往豈讀書之所哉佛老之徒於其所謂經不焚香不誦也而吾儒乃自褻其所業如此可乎若歐公於此構思詩文則無害於義也

癸辛雜識解匡衡說詩解人頤以俗語撓不佳下頦之說為證且云本朝盛度以第二名登第其父頤解而卒岐山縣樊紀登第其父亦以喜而頤脫有聲如破

甕此説過矣解音蟹如淳註云笑不止也又柳玭戒子弟書有云論當世而解頤言不學者聞論世事不能置喙但解緩頤頰而笑耳盛樊二事偶過喜而有此異當時聞衡説詩者豈至此哉

尚書錢文通公譜略云奪門報功領　重賞者甚衆府君謂兵部尚書陳公汝言曰今日封侯封伯皆是矣獨一人未封汝言問為誰府君曰當時非奉　皇太后手詔則曹石二公焉敢提兵入禁盍以迎復之功歸諸　皇太后請上尊號明日汝言入奏英宗皇帝即命擇日上　聖烈慈壽皇太后尊號愚謂予為天子以天下養茍欲致隆於尊親揆之以禮何所不可但論功邪使

皇太后無手詔之功尊號當不上邪文通之言未為
得也
剪燈新話錢唐瞿長史宗吉所作剪燈餘話江西李布
政昌期所作皆無稽之言也今各有刻板行世聞都
御史韓公雍巡撫江西時嘗進廬陵國初以來諸名
公於鄉賢祠李公素著耿介廉慎之稱特以作此書
見黜清議之嚴亦可畏矣聞近時一名公作五倫全
備戲文印行不知其何所見亦不知清議何如也
前代稱祖父母為王父王母父母歿稱皇考皇妣今世
無官者神主稱府君皆襲古式而不知
本朝有禁也嘗見題無官神主稱處士無封贈婦人
墓誌稱碩人蓋處士本不可易稱必若嚴光徐穉之

流可也今舍此則無以順孝子之心孺人在古夫稱其婦之辭今既以為命婦封號則不可僭碩人既有出又無礙是可從也

凡姓葉音攝屈音橘費音秘盖音閤雍去聲之類皆地名古者因地受氏故也今人多不知其姓之所從來葉讀作枝葉之葉屈讀作屈伸之屈費讀作費隱之費盖讀作槩雍讀作平聲漕運之漕本去聲說文水轉穀也平聲者水名南京有濟川衛濟本去聲此衛管馬快船軍取若濟大川用汝作舟楫之義若濟州濟陽濟寧等衛濟字皆上聲水名也今雖士大夫多不能辨

潘王府長史王庭子同學友也仕國子學正時病大便

下血勢瀕危殆一日昏憒中聞有人云服藥誤矣喫小水好庭信之飲溺一盌頓甦遂日飲之病勢漸退易醫而愈杭州府通判王某河間人病腹脹服藥不效夢人語云鬼蒺藜可治王尋取煎液飲之痛不可忍俄頃洞泄迸出一蟲長丈餘尋愈此二人殆命不當死或有陰德鬼神黙祐之耶

輪回酒人尿也有人病者時飲一甌以酒滌口久之有效跌撲損傷胸次脹悶者尤宜用之婦人分娩後即以和酒煎服無産後諸病南京吏侍章公綸在錦衣獄六七年不通藥餌遇胷膈不利眼痛頭痛輙飲此物無不見效

古人宗法之立所以立民極定民志也今人不能行者

非法之不立講之不明勢不可行也盖古者公卿大夫世禄世官其法可行今武職猶有世禄世官遺意然惟公侯伯家能行之其餘武職若承襲一事支庶不敢奪嫡賴有法令維持之耳至於祠堂祭禮便已窒礙難行如宗子雖承世官其所食世禄月給官廪而已非若前代有食邑采地圭田之制也故貧之不能自存者多僦民屋以居甚至寄居公廨及神廟旁屋使為支子者知禮畏義歲時欲祭於其家則神主且不知何在又安有行禮之地哉今武官支子家富能行時祭者宗子宗婦不過就其家饗餕餘而已此勢不行於武職者如此文職之家宗子有禄仕者固知有宗法矣亦有宗子不仕支子由科第出仕者任

四品以下官得封贈其父母任二品三品得官封贈其祖父母任一品官得封贈其曾祖父母夫　朝廷恩典既因支子而追及其先世則祖宗之氣脈自與支子相為流通矣揆幽明之情推感格之禮雖不欲奪嫡自有不容已者矣此勢不行於文職者如此故曰非法之不立講之不明勢不可行也知禮者家必立宗宗必立譜使宗支不紊宗子雖微支子不得以富強凌之則仁讓以興乖爭以息亦庶乎不失先王之意矣

成化二十二年八月十二日正午天宇澄霽皎無纖雲松江城郭之人見空中駕一小舟從東而西又折而東落序班董進御樓上市人從觀者塞道細視之乃

芟草所結時進卿之父仲瀕已患耳瘡乃曰此船來載我也瘡果不瘳而卒張汝弼志其墓如此

西湖竹枝詞楊廉夫為倡南北名士屬和者虞伯生而下凡一百二十二人吳郡士二十六人而崑山在列者一十一人其間最有名時稱郭陸秦袁謂義仲良貴文仲子英也陸本崑山太倉人其稱河南蓋姓原郡望耳秦則崇明人居太倉崇明時屬楊州故稱淮海呂敬夫稱東倉即太倉漫録廉夫原叙如左以見吾鄉文事之盛有自來矣

郭翼字羲仲吳之崑山人博文史不為舉子業專資以為詩其詩精悍者在李商隱間風流姿媚者不在玉臺下也

顧瑛字仲瑛吴郡崑山人吴中世家也喜讀書憲府試辟會稽教官不就築室號可齋以詩酒自樂才性高曠尤善小李詩及今樂府海内文士樂與之交推為片玉山人云

袁華字子瑛吴郡崑山人博學有奇才自幼以詩名縉紳間如三峰月寒木容嘯丹陽湖深姑惡飛皆膾炙語也又如銀杏對陰不受暑薔薇花開猶蚕春可稱才子矣

顧晋字進道仲瑛次子好讀書性不愛浮靡見趨競者不與交貞素自守淡如也字法古甚其詩法有玉山之風云

陸元泰字長卿吴之崑山人先世故宋進士以貲雄

一邑至長卿不求顯達而專志書史家聲不墜爲
顧元臣字國衡仲瑛之子季少能讀書作詩俊爽世
其家者也
顧佐字翼之仲瑛兄仁之子好吟詩時有驚人句盖
亦漸染玉山之習云
張希賢字希顏吴之崑山人讀書儒雅酷志作詩好
古物圖畫列左右人間欲得之者即便持去毋所顧
惜趣尚可知矣
陸仁字良貴河南人明經好古文其詩學有祖法清
俊奇偉如佛郎國進天馬頌水仙廟迎送神辭度黄
河望神京諸篇縉紳先生莫不稱道之其翰墨法歐
楷章草皆灑然可觀

秦約字文仲淮海人博學強記不妄交隱居著書尤
好吟咏古樂府如精衛望夫石律詩如吳栢王岳鄂
王諸篇的〻可傳者也
呂誠字敬夫吳之東倉人幼聰敏喜讀書能去豪習
家有梅雪齋日與文士倡和其作詩故清絶云
其餘吳士則陳譓子平沈右仲說張簡仲簡馬稷民
立張田芸已顧敬思恭張守中大本周南正道陸繼
美繼之富恕子微繆保林正嚴恭景安強珇彥栗釋
椿大年璞良琦也
公廨正廳三間耳房各二間通計七間府州縣外墻高
一丈五尺用青灰泥府治深七十五丈闊五十丈州
治次之縣治又次之公廨後起盖房屋與守令正官

居住左右兩旁佐貳官首領官居之公廨東另起盖分司一所監察御史按察分巡官居之公廨西起盖館驛一所使客居之此洪武元年十二月欽定制度大約如此見温州府誌

初至嵊縣問嵊字之義一庠生云四山為嵊如四馬四矢之義問其所出云聞之前輩耳考之縣誌韻書皆不具此說偶閱蘇州誌齊張稷為剡令至嵊亭生子因名嵊字四山以此命字必有出也特讀書未到古人耳

司寇林公季聰為給事中時有盛名冢宰尹公同仁嘗問汀州守張公靖之云自宣德以來六科人物公以何人為第一張以季聰為對尹云葉與中當是第一

人靖之嘗為予道之

古人稱呼簡質如足下之稱率施於尊貴者蓋不能自達因其足下執事之人以上達耳後世遂定以天子稱陛下諸王稱殿下宰相稱閤下今平交相謂亦稱閤下聞人稱足下則不喜矣又如今人過主事稱主政評事稱廷評之類此特換字耳何輕重邪至若給事中與古中黄門小黄門監察御史與古繡衣直指稍不同今聞稱給事中御史輒皆不喜大抵黄門繡衣隨俗稱呼猶可施之文章記載似不可也

成化丙戌科至弘治辛亥二十六年間同年雖存亡不一通計東舍者一百六十六人矣故近時言科目之盛者多以丙戌為稱然其間如羅倫上疏論李文達

奪情起復之非卒著為令章懋黄仲昭莊昶諫鰲山
烟火之戲陸淵之論陳文謚莊靖之不當賀欽胡智
鄭己張進祿輩之劾商文毅姚文敏強珍之劾汪直
陳鉞皆氣節凛然表表出色後來各科多無此風此
丙戌之科所以為尤盛也

同寮嘗會飲予官舍坐有譽威寧伯之才美者劉時雍
云人皆謂王世昌智以予言之天下第一不智者此
人也以如此聰明如此才力却不用以為善及在顯
位又不自重阿附權官以取功名名節既壞而所得
爵位畢竟削奪為天下笑豈非不智而何坐客為之
肅然

宋與金人和議天下後世專罪秦檜予嘗觀之檜之罪

固無所逃而推原其本實由高宗懷苟安自全之心無雪恥復讐之志檜之姦有以窺知之故逢迎其君以為容悅以固恩寵耳使高宗能如句踐卧薪嘗膽必以復讐雪恥為心則中原常在夢寐其於臨安偏隅蓋不能一朝居矣恢復之計將日不暇給而何以風景為哉今杭之聚景玉津等園云皆始於紹興閒而孝宗遂以為致養之地近遊報恩寺後山頂有平曠處云是高宗快活臺遺址又如西湖喫宋五嫂魚羮之類則當時以天下為樂而君父之讐置之度外矣和議之罪可獨歸之檜哉

韻書分平上去入四聲然上去入皆平聲之轉耳若支微魚虞齊佳灰蕭肴豪歌麻尤此十三韻無入聲近

有切韻指南一書乃元人關中劉鑑所編其書謂四聲如云脂旨至質非斐費拂戈果過郭鉤苟遘彀之類皆不知音韻而妄為牽合者也蓋質本真之轉拂本分之轉郭本光之轉彀本公之轉耳脂轉質非轉拂未為不可但韻中他字多轉不去況戈果過若轉入聲當是谷不當為郭鉤苟遘若轉入聲當是革不當為彀也

書為六藝之一書學不講亦士大夫一俗也如周布政晟其弟蘇州同知冕南京戶部孫郎中昱其弟餘杭知縣晃皆不識冕字又刊有刪除之義如隨山刊木井堙木刊不刊之典之類是已今人雕刻書版皆謂之刊殊非字義然宋人文字中已有用之者其來遠

矣六書有諧聲梨之從利櫺之從霤桃之從兆猶鵞之從我鴨之從甲雞之從奚可類推也近世作本草衍義補者曰櫺者霤也梨者利也若曰桃者兆也則不通矣當各言性味可也

近嘗行桐廬道中見一婦隔溪哀訴人殺其夫然溪深水闊方思所以處之左右以其病風云不足問予以為其聲哀切決非病風者適有縣官從行遂免其送令往取詞以復乃於潛民陳某夫婦以弄猴乞食暮投宿山家其家業漁兄弟俱未娶同侍一母見陳婦勤爽將圖之夜說陳弄猴所得無幾吾漁日得利數倍詰旦盍從吾試之旦果同出及暮兄弟同返而陳不至婦問之云爾夫被虎銜去矣婦不信號哭不寐

漁者毋誑以甘言欲令為兒婦〻不許且言將訴之官求夫所在兄弟懼乃併猴殺之猴以弃之水婦以埋之廢冢中踰二宿婦復生覺有人蹴其脅大呼云明星至矣何不走訴婦開眼昏然猶不知身在何處偶見容光之隙有日透入遂從隙攻潰而出始知空槨中也於是往來奔走候俟上司如狂人因謂病風云至是案令有司捕鞫之猴亦復生而適至其家弄猴篋圈嘗投之火〻不能焚皆得實狀漁者兄弟並論死是亦非偶然也近聞里俗傳道予嘗聽鬼訴寃親斷其事若神明者皆妄也

松江幹山人沈宗正每深秋設斷於塘取蟹入籪一日見二三蟹相附而起近視之一蟹八跪皆脫不能行

二蟹异以過斷因歎曰人為萬物之靈兄弟朋友有相爭相訟至有乘人危困而擠陷之者水族之微乃有義如此遂命折斷終身不復食蟹太倉張用良吾妻兄也素惡胡峰螫人見即撲殺之嘗見一飛蟲罥於蛛網蛛束縛之甚急一蜂來螫蛛蛛避去蜂數含水濕蟲久之得脫去因感蜂義自是不復殺蜂

菽園雜記卷十三

菽園雜記卷十四

吳郡陸容文量著

種竹無時雨過便移多畱舊土記取南枝此種竹訣也知此則鄉俗以五月十三日為移竹之候者悮人多矣又云十人移竹一季得竹一人種竹十年得竹盖十人移者言其根柢之大即多畱舊土之謂也癸辛雜識有種竹法又以新竹成竿後移為佳嘗聞圃人云花木在晴日栽移者茂盛陰雨栽移者多衰今人種藝率乘陰雨以其潤澤耳然圃人之説盖有驗者不可不知

吾鄉布衣沈先生名璵字孟温洪武中其家坐累謫戍雲南之金齒宣德初歸省墳墓鄉人以其經學該博

畱教子弟時年幾六十目已青終日端坐與諸生講
解四書五經章分句析亹亹不倦微辭奧義亦多發
明後還雲南所著有稽言録崑岡文稿釋奠議太倉
在勝國時崑山州治在焉故多文學之士後因兵燹
隨州西遷自設兵衛以來軍民雜處人不知學今文
學日盛固由學校作養之功而其講説來歷實先生
有以啓之也其釋奠議大畧言斯道肇于堯舜行于
禹湯文武周公而折衷于孔子然則由堯舜而下皆
合祀于天子之學天子之學有五東曰東膠西曰瞽
宗南曰成均北曰上庠而其中曰辟廱蓋上庠者有
虞氏之學也居于北者象五行之水宜以堯舜爲先
聖稷契爲先師而以建子之月行事成均者夏后氏

之學也居于南者象五行之火宜以禹為先聖皋陶伯益為先師而以建午之月行事瞽宗者殷人之學也居于西者象五行之金宜以湯為先聖伊尹仲虺傅說為先師而以建酉之月行事東膠者周人之學也居于東者象五行之木宜以文武周公為先聖太公望召公奭為先師而以建卯之月行事辟雍居中象五行之土而孔子集群聖之大成宜以孔子為先聖顏子曾子子思孟子周子二程子張子朱子為先師而以辰戌丑未四建之月行事其四代之賢者各從祀于其學之兩廡自七十子而下以及後世大儒咸從祀于辟雍之兩廡然惟天子得以徧祀歷代之先聖先師而守令則惟祀孔子一聖顏子至諸子九

師而已盖天子祭天下名山大川諸侯祭封内山川故惟天子得以徧祀天下之名賢而其餘皆不必祀祀之則為僭且濫矣近世金華宋濂作孔子廟堂議頗合禮意而惜乎猶有所未備也故推廣其說如此先生自謂好禮之士有能以此言請於朝未有不從者恐未必然〻此足以見其考古之學矣

陳某者常熟塗松人家頗饒然夸奢無節每設廣席殽飣如雞鵞之類每一人前必欲具頭尾嘗泊舟蘇城沙盆潭買蟹作蠏螯湯以螯小不堪盡弃之水押一妓為製金銀首飾妓哂其吝悉拋水中重令易製積歲負租及官物料價頗多官府追償因而蕩産乃僦屋以居手藝蔬妻辟纑自給鄰翁憐其勞苦持白酒

一壺豆腐一盂饋之一嚼而病泄累日妻問曰沙盆潭首餙畱今日用何如某云汝又殺我矣

大臣進退聽望所繫而館閣輔導密勿之地居此者所繫尤重也近季閣老之去自商文毅後皆不以禮壽光劉公一日朝退將入閣有校尉邀於路云免入請囘公徑出翌日辭眉州萬公之去一大璫至閣下摘去所佩牙牌公遂出舁夫以非時未至徒行至朝房借馬歸遂辭博野劉公之去一內使至其家促具疏辭是在 朝廷雖失體貌必諸公有以自取也聞壽光以私受德王名酒眉州以認皇貴妃同族博野以譔張巒鐵券文過遲致嫌謗也未知然否

高皇嘗集畫工傳寫御容多不稱旨有筆意逼真者自

以為必見賞及進覽亦然一工探知上意稍於形似之外加穆穆之容以進上覽之甚喜仍命傳數本以賜諸王盖上之意有在它工不能知也又聞蘇州天王堂一土地神像洪武中國工所塑永樂初有閹百戶者除至蘇州衛偶見之拜且泣人問故云在 高皇左右日久稔識天顏此像盖逼真已

王繼之福建莆田人為其官壬午年死於國事其死與方希直同不可泯也王良河南人以刑部左侍郎出為浙江按察使是年闔室自焚見杭州志

大學衍義一書人君修齊治平之術至切至要非迂遠而難行者其中三十九四十卷齊家之要歷引前代宦官之事忠謹之福僅八條而預政之禍四倍其多

縱使人主知讀之，左右其肯使之一見哉？蘇人陳祚宣德間為御史，嘗上章勸讀此書，上怒，逮祚及其子姪八九人俱下錦衣獄，禁錮數年，上賓天始得釋。成化初，聞葉文莊亦嘗言之，不報。近時丘祭酒先生濬進所著大學衍義補若干卷，朝廷命刻板印行。其所補者，治平二事耳。愚謂能盡齊家已上工夫，則治平事業皆自此而推之，雖無補可也。

京師有依託官府賺人財貨者，名撞太歲；吳中名賣廳角；江西名樹背張風。蓋穿窬之行也。士人熟於囑託公事者，此行亦忍為之。鄉里前輩為顯官不入官府囑事者，刑部主事吳凱相虞、進士鄭文康時又、吏部侍郎葉盛與中、刑部郎中孫瓊蘊章、浙江副使張和

節之而已閩山東布政龔理彥文福建副使沈訥文敏皆端士然皆卒官予未之識也

宋葉文康公時著禮經會元於周禮大義多所發明其言漢河間獻王以考工記補冬官之缺何異拾賤醫之方以補盧扁之書庸人按之適足為病且百工事固非周官所可無而於周公設官之意何補況秋官有典瑞玉人不必補可也夏官有量人匠人不必補可也天官有染人鍾氏㡛氏雖闕何害地官有鼓人鮑人韗人雖亾何損雖無車人而巾車之職尚存雖無弓人而司弓矢之職猶在匠人溝洫之制已見於遂人校人射侯之制已見於射人有如攻皮之工五既補其三而又缺其二不知韋氏裘氏豈非天官司

裘掌皮之職乎周禮無待於考工記獻王以此補之陋矣自考工記補冬官之後先儒論議周禮者頗多而未有為此說者亦卓識也

丘氏蘇人俞欽玉之妻也欽玉故刑部尚書士悅子頗知書而輕財好色嘗以丘無子置妾七人丘待之慈惠而防之則嚴每旦暮出入房闥皆有節制童子十五以上不許入中門成化間欽玉遊京師客死教坊妓家丘待衆妾益厚而制馭益嚴喪甫終存其有子者二人餘悉嫁之二子皆遣為府學生云吾待汝無厚薄成否汝之責也丘之父兄皆不拘禮節之士懼其有所窺每至必先出中門延之別室飲食之自欽玉死家無妾費而門無雜賓俞氏已衰而復振者皆

丘之力也
杜律虞註本名杜律演義元進士臨川張伯成之所作也後人謬以為虞伯生所注予嘗見演義刻本有天順丁丑臨川黎送久大序及伯成傳序其畧云注少陵詩者非一皆弗如吾鄉先進士張氏伯成七言律詩演義訓釋字理極精詳抑揚趣致極其切當蓋少陵有言外之詩而演義得詩外之意也然近時江陰諸處以為虞文靖公注而刻板盛行謬矣其桃對等篇來行萬里等句復有數字之謬焉吾臨川故有刻本且首載曾昂夫吳伯慶所著伯成傳并輓詞敘述所以作演義甚悉柰何以之加誣虞公哉按文靖蚤居禁近繼掌絲綸嘗欲釐析詩書彙正三禮弗暇獨

暇為此乎楊文貞公固疑此注非虞惜不知為伯成耳嫁白詭披自咎難免哉

近得晦菴先生同年録因得以知宋科舉之制紹興十八年二月十二日鎖院勅差知貢舉官一人同知貢舉官一人參詳官八人點檢試卷官二十人十八日十九日二十日引試詩賦論策三場二十二日二十三日二十四日引試經義論策三場別試考試官一人點檢試卷官四人二十三日引試御試勅差初考官三人覆考官三人詳定官三人編排官二人初考覆考點檢試卷官各一人續差對讀畢克初覆考同共考校官六人四月十七日皇帝御集英殿唱名賜狀元王佐以下及第出身同出身共三百三十人釋

裼當月十八日赴期集所糾彈三人牋表五人主管
題名小録九人掌儀二人典客二人掌計掌器掌膳
掌酒果各一人監門二人二十六日依令賜錢一千
七百貫二十九日朝謝五月初二日就法慧寺拜黄
甲敘同年初五日赴國子監謁謝先聖先師鄒國公
立題名石刻于禮部貢院賜狀元王佐等聞喜宴于
禮部貢院第五甲第九十人朱熹字元晦小名沈郎
小字季延年十九九月十五日生外氏祝偏侍下第
五一兄弟無人一舉娶劉氏曾祖絢故不仕祖森故
贈承事郎父松故任左承議郎本貫建州建陽縣羣
玉鄉三桂里父為戶

闘葉子之戲吾崑城上自士夫下至僮豎皆能之予游

崑庠八年獨不鮮此人以拙嗤之近得閱其形製一錢至九錢各一葉一百至九百各一葉自万貫以上皆圖人形万万貫呼保義宋江千万貫行者武松百万貫阮小五九十万貫活閻羅阮小七八十万貫混江龍李進七十万貫病尉遲孫立六十万貫鐵鞭呼延綽五十万貫花和尚魯智深四十万貫賽關索王雄三十万貫青面獸楊志二十万貫一丈青張橫九万貫插翅虎雷橫八万貫急先鋒索超七万貫霹靂火秦明六万貫混江龍李海五万貫黑旋風李逵四万貫小旋風柴進三万貫大刀關勝二万貫小李廣花榮一万貫浪子燕青或謂賭博以勝人為強故葉子所圖皆才力絕倫之人非也蓋宋江等皆大盜詳

見宣和遺事及癸辛雜識作此者蓋以賭博如羣盜刼奪之行故以此警世而人為利所迷自不悟耳記此庶吾後之人知所以自重云

閣老丘公世史正綱有云佛氏入中國始鑄金為像後又為土木之偶後世祀先師亦以塑像不知始何時考史開元八年改顏子等十哲為坐像則前此固有為塑像者矣但先聖坐而諸賢皆立至是乃改立為坐耳按晦菴先生跪坐拜說聞成都府學有漢時禮殿諸像皆席地而跪坐文翁猶是當時琢石所為尤足據信及楊方子直入蜀師幕府因使訪焉則果如所聞者且為倣文翁石像為小土偶以来觀此則先聖先師之置像蓋自漢以來已有之矣

種桕必須接否則不結子結亦不多冬月取桕子舂於
水碓候桕肉皆脱然後篩出核煎而為蠟其核磨碎
入甑蒸軟壓取清油可然燈或和蠟澆燭或雜桐油
製傘但不可食〻則令人吐瀉其查名油餅壅田甚
肥

苧每四五年一種〻須八九月去舊根取當年旁生枝
為佳久不更種到老根生白蟻傷之種法先鋤地作
溝用污泥填壅每溝約疎五六尺或一尺五月刈者
名頭苧七月刈者名二苧九月刈者名三苧如茂盛
亦不須待至此月及其未生旁枝未生花未遭狂風
可也若過時而生旁枝則苧皮不長生花則老而皮
粘於骨不可剥遭大風吹折到皮亦有斷痕而不佳

矣凡将刈先以杖擊去葉然後刈之落葉既壅于根久而浥爛到地亦肥刈後乘其未燥以水沃之剥重皮漚水中一時取起以鐵刀戞去粗皮陰乾若曬乾則硬脆不堪績矣雨後刈者尤潤而佳戞法以時但一面著刀以指按粗皮於刀上而抽取之每一刈後製苧稍暇須灌糞一度又以汚泥覆之則肥而妆刈可以及時大率織布以頭苧為尚二苧滋潤而便於績者耳三苧尤劣

五金之礦生於山川重複高峰峻嶺之間其發之初惟於頑石中隱見礦脈微如豪髮有識礦者得之鑿取烹試其礦色樣不同精麄亦異礦中得銀多少不定或一籮重二十五斤得銀多至三二兩少或三四錢

礦脈深淺不可測有地面方發而遽絕者有深入数丈而絕者有甚微久而方闊者有礦脈中絕而鑿取不已復見與盛者此名為過壁有方採於此忽然不現而復發於尋丈之間者謂之蝦蟇跳大率坑匠採礦如蟲蠹木或深数丈或数十丈或數百丈隨其淺深斷絕方止舊取礦攜尖鐵及鐵鎚竭力擊之凡數十下僅得一片今不用鎚尖惟燒爆得礦礦石不拘多少採入碓坊舂碓極細是謂礦末次以大桶盛水投礦末於中攪數百次謂之攪粘凡桶中之粘分三等浮於面者謂之細粘桶中者謂之梅沙沈於底者謂之麄礦肉若細粘與梅沙用尖底淘盆浮於淘池中且淘且汰泛颺去麄留取其精英者其麄礦肉則

用一木盆如小舟然淘汰亦如前法大率欲淘去石末存其真礦以桶盛貯璀璨星〻可觀是謂礦肉次用米糊搜拌圓如拳大排於炭上更以炭一尺許覆之自旦發火至申時住火候冷名窖團次用烰銀爐熾炭投鉛於爐中候化即投窖團入爐用鞴鼓扇不停手蓋鉛性能收銀盡歸爐底獨有滓浮於面凡數次爐𤇆出熾火掠出爐面滓烹鍊既熟良久以水滅火則銀鉛為一是謂鉛駝次就地用上等爐灰視鉛駝大小作一淺灰窠置鉛駝於灰窠內用炭圍疊側扇火不住手初鉛銀混泓然於灰窠之內望泓面有烟雲之氣飛走不定久之稍散則雪花騰涌雪花既盡湛然澄澈又少頃其色自一邊先變渾色是謂窠

飜乃銀之名熟烟雲雪花乃鉛氣未盡之狀鉛性畏灰故用灰以捕鉛鉛既入灰惟銀獨存自辰至午方見盡銀鉛入於灰坯乃生藥中蜜陀僧也

青瓷初出於劉田去縣六十里次則有金村窑與劉田相去五里餘外則白鴈梧桐安仁安福綠遶等處皆有之然泥油精細模範端巧俱不若劉田泥則取於窑之近地其他處皆不及油則取諸山中蓄木葉燒煉成灰并白石末澄取細者合而為油大率取泥貴細合油貴精匠作先以鈞運成器或模範成形候泥乾則蘸油塗飾用泥筒盛之寘諸窑內端正排定以柴篠日夜燒變候火色紅焰無烟即以泥封閉火門火氣絶而後啓凡綠豆色瑩淨無瑕者為上生菜色

者次之然上等價高皆轉貨他處縣官未嘗見也
韶粉元出韶州故名龍泉得其製造之法以鉛鎔成水
用鐵盤一面以鐵杓取鉛水入盤成薄片子用木作
長櫃〻中仍置缸三隻於櫃下掘土作小大日夜用
慢火薰蒸缸內各盛醋〻面上用木櫃疊鉛餅仍用
竹笠蓋之缸外四畔用稻糠封閉恐其氣洩也旬日
一次開視其鉛面成花即取出敲落未成花者依舊
入缸添醋如前法其敲落花入水浸數日用絹袋濾
過其滓取細者別入一桶再用水浸每桶入鹽泡水
并焰硝泡湯候粉墜歸桶底即去清水凡如此者三
然後用磚結成焙〻上用木匣盛粉焙下用慢火薰
炙約旬日後即乾擘開細膩光滑者為上其絹袋內

菽園雜記卷十四　百七十八

所畱粗滓即以酸醋入熖硝白礬泥礬塩等炒成黄丹

採銅法先用大片柴不計段数装疊有礦之地發火燒一夜令礦脉柔脆次日火氣稍歇作匠方可入身動鎚尖採打凡一人一日之力可得礦二十斤或二十四五斤每三十餘斤為一小籮雖礦之出銅多少不等大率一籮可得銅一斤每焊銅一料用礦二百五十籮炭七百擔柴一千七百段顧工八百餘用柴炭粧疊燒兩次共六日六夜烈火亘天夜則山谷如晝銅在礦中既經烈火皆成茱萸頭出於礦面火愈熾則鎔液成駝候冷以鐵鎚擊碎入大旋風爐連烹三日三夜方見成銅名曰生烹有生烹虧銅者必碓磨

為末淘去麄濁留精英團成大塊再用前項烈火名
曰燒窖次将碎連燒五火計七日七夜又依前動大
旋風爐連烹一晝夜是謂成鈲嘲音鈲者麄濁既出漸
見銅體矣次将鈲碎用柴炭連燒八日八夜依前再
入大旋風爐連烹兩日兩夜方見生銅次将生銅擊
碎依前入旋風爐烀煉如烀銀之法以鉛為母除滓
浮於面外淨銅入爐底如水即於爐前逼近爐口鋪
細砂以木印雕字作處州某處銅印於砂上旋以砂
壅印刺銅汁入砂匣即是銅塼上各有印文每歲解
發赴梓亭寨前再以銅入爐烀煉成水不留纖毫深
雜以泥裹鐵杓酌銅入銅鑄模匣中每片各有鋒窠
如京銷面是謂十分淨銅發納饒州永平監應副鑄

大率烀銅所費不貲坑户樂於採銀而憚於採銅〻礦色樣甚多烀煉火次亦各有異有以礦石徑燒成者有以礦石碓磨為末如銀礦燒窖者得銅之艱視銀蓋數倍云

香蕈惟深山至陰之處有之其法用乾心木檄欖木名曰蕈檽先就深山下斫倒仆地用斧班駁剉木皮上候淹濕經二年始間出至第三年蕈乃徧出每經立春後地氣發洩雷雨震動則交出木上始採取以竹篾穿挂焙乾至秋冬之交再用工徧木敲擊其蕈間出名曰驚蕈惟經雨則出多所製亦如春法但不若春蕈之厚耳大率厚而小者香味俱勝又有一種適當清明向日處閒出小蕈就木上自乾名曰日蕈此

蕈尤佳但不可多得今春蕈用日曬乾同謂之日蕈
香味亦佳
已上五條出龍泉縣志銀銅青瓷皆切民用而青瓷
尤易視之盖不知其成之之難耳苟知之其忍暴殄
之哉蕈字原作葚土音之譌今正之又嘗見本心齋
蔬食譜作蕁尤無據盖說文韻會皆無蕈字廣韻有
之

蔡季通睡訣云睡側而屈覺正而伸早晚以時先睡心
後睡眼晦菴以為此古今未發之妙周密謂睡心睡
眼之語本出千金方晦菴偶未之見耳今按前三句
亦是衆人良知良能初無妙處半酣酒獨自宿軟枕
頭煖蓋足能息心自瞑目此予訣也

古人飲酒有節多不至夜所謂厭〻夜飲不醉無歸乃天子燕諸侯以示慈惠耳非常燕然也故長夜之飲君子非之京師惟六部十三道等官飲酒多至夜蓋散衙時才得赴席勢不容不夜飲也若翰林六科及諸閒散之職皆是晝飲吾鄉會飲往〻至昏暮才散此風亦近年後生輩起之殊不思主人之情固所當盡童僕伺候之難父母縣念之切亦不可不體也李賓之學士飲酒不多然遇酒邊聯句或對奕則樂而忘倦嘗中夜飲酒歸其尊翁猶未寢候之賓之愧悔自是赴席誓不見燭將日晡必先告歸此為人子者所當則效也

國初循元之舊翰林有國史院院有編修官階九品而

無定員多或至五六十人若翰林學士侍制等官兼史事則帶兼修國史銜其後更定官制罷國史院不復設編修官而以修撰編修檢討專為史官隸翰林翰林自侍讀侍講以下為屬官〻名雖異然皆不分職史官皆領講讀講讀官亦領史事所兼預職事不以書銜近年官翰林者尚循國初之制書兼修國史甚者編修已陞為士品正員而仍書國史院編修官亦有書經筵檢討官者蓋仍襲舊制故也此出東里文集有關制度且可以示妄書官銜者故記之

菽園雜記卷十四

菽園雜記卷十五

吳郡陸容文量著

朱子註易雖主尚占立説而其義理未嘗與程傳背馳故本義於卦爻中或云説是程傳或云程傳備矣又曰看某易須與程傳參看故　本朝詔告天下易説兼主程朱而科舉取士以之予猶記幼年見易經義多兼程傳講貫近年以来場屋經義專主朱説取人主程傳者皆被黜學者靡然從風程傳遂至全無讀者嘗欲買周易傳義爲行篋之用徧杭城書肆求之惟有朱子本義兼程傳者絶無矣盖利之所在人必趨之市井之趨利勢固如此學者之趨簡便亦至此哉

聞天順間沛縣民楊四家鋤田得一古銅器狀如今香爐有耳而無足洗去土有聲如彈琵琶不已其家以為怪碎之不知何物也

成化甲辰泗州民家牛生一麟以為怪殺之工侍賈公俊時公差至此得其一足歸足如馬蹄黄毛中肉鱗隱起皆如半錢永康尹崑城王循伯時為進士親見之云然

弘治五年揚之瓜洲聚船處一米商船被雷擊折其桅近本處大小鼠若干皆死蓋鼠齧空而竄宅其中也大鼠一重七斤小鼠約二斗鄉人印綬初聞而未信嘗親問其船主云然意者天恐風折於揚帆時致誤民命故擊之邪

嘗記正統十年予家祖園新竹二本皆自數節以上分兩岐交翠可愛家僕佚其老斫而芟去旁枝用以乂取薀草飼豬景泰二年新居後園黄瓜一蔓生五條結蔕與脱花處分張為五瓜之背則相連附園丁採入衆玩一過兒童擘而食之後仕于朝有以瑞竹瑞瓜圖求題咏者閲之則皆予家所嘗有也况它竹之瑞一本予家並生二本它瓜僅二三又非連理予家五瓜連理不尤瑞乎使當時長老父兄有造言喜事者諂諛歸之府縣誇艷歸之家庭動衆傷財其為不靖多矣惟其悃愊無華故人之所謂祥瑞一切不知動其心惟不知動其心故驕侈不形而災害不作可以保其家於悠久也傳曰天下本無事庸人自擾之

其斯之謂歟

左氏莊周屈原司馬遷此四人豪傑之士也觀其文章各自成一家不事蹈襲可見矣史遷纂述歷代事跡其勢不能不襲若左莊屈三人千言萬語未嘗犯六經中一句宋南渡後學者無程朱緒餘則做不成文字而於數子亦往往妄加貶議可笑也先儒謂左氏浮夸莊周荒唐屈原懟怨此公論也謂莊周為邪說而闢之亦公論也若左氏春秋傳自是天地間一種好文字而或者以其為巧言豈不過哉為此言者正猶貧人喫齋以文其貧舍曰珍羞品味力不能辦而必謂其腥羶不堪食矯謬孰甚焉

南京諸衛官有廨宇軍有營房皆洪武中之所經畫今

雖間有頹廢而其規址尚存北京自永樂十九年營建告成鑾輿不復南矣至弘治元年閱六十八年而軍衛居址尚有未立者彼固不能陳乞建立而上司亦未嘗念及也是年襄城馬公文升掌都察院事奏毀天下淫祠予嘗建白欲以城中私剏菴院置衛則財不煩官力不勞下其功易成事寢不行吾崑山知縣楊子器毀城市鄉村菴院神祠約百餘所以其材修理學校倉廩公館社學樓櫓等事一時完美又給發餘材太倉鎮海二衛凡所頹廢率與興舉軍民至今德之使當路有子器其人則國家之廢事以舉官府之缺典以完又何難哉

觀政工部時葉文莊公為禮部侍郎嘗欲取吾崑元

末國初以來諸公文集擇其可傳者或詩或文人不出十篇名曰崑山片玉以傳命予採集之若郭翼羲仲林外野言殷奎孝章強齋集袁華子英耕學稿易恒久成泗園集呂誠敬夫來鶴軒集朱德潤澤民存復齋稿偶桓武孟江雨軒諸林鍾仲鏞松谷集沈丙南叔白雲集馬麐公振淞南漁唱屈昉李明寓菴集王資之深瑞菊堂集鄭文康時又平橋稿之類不久予除南京吏部主事恐致遺失俱以送還鄉先輩之美竟泯泯矣可勝嘆哉

遜志齋集三十卷拾遺十卷附録一卷台人黃郎中世顯謝侍講鳴治所輯今刻在寧海縣其二十八卷內勉學詩二十四章本蘇士陳謙子平所作誤入方集

耳子平元末人張士誠兵至吳有突入其室者脅其兄訓使拜不屈刃其胷子平以身翼蔽并遇害平生著述甚富兵後散亡獨所著易解詁二卷及古今詩數十篇傳于世正統間吾崑山所刻養蒙大訓收其詩予幼嘗見之京師士人徐本以道亦嘗刻其詩印行後有國初韓奕公望跋語韓徐皆蘇人

京師東廠者掌巡邏兵校之地也弘治癸丑五月忽風大作地陷約深二三丈許廣亦如之明時坊白晝閒二人入巡警鋪久不出管鋪者疑之推戶入視但見衣二領委壁下衣旁各有積血而不見其人六月六日通州東門外訛言寇至男婦奔走入城跋涉水潦多溺死者今日聞馬進士慶云

晦菴先生家墳墓乃先生自觀溪山向背而為之面值一江有沙亘其間先生嘗云此沙開時吾子孫當有入朝者其家有私記存焉景泰間 朝廷念其有功於世求訪其子孫於是九世孫梴徵入朝授五經博士世官一人主祀公文未至之數日其沙忽被水衝開適中其言

崑城夏氏與處州衛一指揮為親舊指揮聞夏氏有淑女求為子婦數年未成後求之益力家人皆許之女之祖獨不許因會客以骨牌為酒令祖設難成之計謂求婚者云蒱牌若得天地人和四色皆全即與成婚一拈而四色不爽衆驚異遂許之太倉曹用文查用純素友善適其妾各有娠一日會飲戲以骰子為

卜云使吾二人一擲而六子皆紅必一男一女當為婚姻一擲並如其卜既而查生男曹生女查以子贅曹為壻云此二事相類特甚盖亦非偶然也

江西山水之區多產蛟蛟出山必裂水必暴涌蛟乘水而下必有浮苴擁之蛟昂首其上近水居民聞蛟出多往觀之或投香紙或投紅綃若為之慶賀者然云蛟狀大率似龍但蛟能害及人畜龍則不然龍能飛且變化不測蛟則不能也

慶元初韓侂胄既逐趙忠定太學生敖陶孫賦詩于三元樓上云左手旋乾右轉坤如何羣小恣流言狼胡無地居姬旦魚腹終天弔屈原一死固知公所欠孤忠幸有史長存九原若遇韓忠献休說渠家末世孫

陶孫方書于樓壁酒一再行壁已不存陶孫知詩必為韓所廉得捕者将至急更行酒者衣持煖酒具下樓捕者與交臂問以敎上舍在否敎對以若問太學秀才邪飲方酣陶孫亟亾命歸走閩後登乙丑第此出杭志紀遺陶孫字器之宋慶元五年曾從龍榜進士奉議郎泉州僉判其名銜僅見崑山志進士題名中而不知其何如人觀此則其為人可知矣

宋神宗問呂惠卿何草不庶獨蔗從庶何也惠卿曰凡草種之則正生甘蔗種之則旁生上喜之按六書有諧聲蔗庶聲庶古遮字非會意也若蔗以旁生從庶則鷓鴣蟅蟲亦旁生邪聞　本朝天順間　睿皇欲除其為翰林學士以翰林已有三員疑其過多兵部

菽園雜記卷十五　頁十六

尚書陳汝言適侍側叩頭云唐朝學士十八人　聖朝三四人何多上喜之遂決蓋唐之十八人太宗為太子時私引文學之士以為馮翼非以學士名官也學士美官其濫如此可乎小人之率爾妄對類如此

中吳紀聞六卷每卷首題云崑山龔明之前有明之淳熙元年自序後有至正二十五年吾崑盧公武記得書來歷及校正增補大畧且云非區區留意郡志此書將泯沒而無聞矣弘治初崑令楊子器翻刻印行攷之宣德崑山志不載此人近撿公武蘇州府志具明之孝行甚詳蓋公武之志人物間有略其邑里者崑山志孝友類載馮友直周津曹椿年皆本之郡志而明之獨遺之其以是歟

米南宫以書畫名一時其文章不多見家藏故紙中有露觔烈女碑文一通辭亦清古今維揚新志已收入茲不録ゝ其賛云王化煥猗盛江漢叔運婦猗人倫亂一德彦猗昭世典情莫轉猗天質善楚澤緬猗雲木偃煒斯国猗日星建此賛每句二韻亦新奇国與藺音同閩人呼其子云然古韻書無之蓋後世方言耳昔劉夢得以餻字不經見詩中輙不敢用国惟顧况有詩陸放翁亦有阿国詈如郎罷意之句然用之閩越似亦無害江淮之俗故所未聞也而施之刻石之文何邪

本朝文武衙門印章一品二品用銀三品至九品用銅方幅大小各有一定分寸惟御史印比他七品衙門

菽園雜記卷十五　百廿七

印特小且用鐵鑄篆文皆九疊諸司官銜有使字者司名印文亦然惟按察使官銜有使字而司名印文無之此所未喻也軍衛千戶所有中左右前後之别而所統十百戶印文但云某衛某千戶所百戶印十印皆同不免有那移詐僞之弊若於百戶上添第一第二等字則無弊矣

魏文靖公驥為南京禮部侍郎時嘗積求文銀百餘兩置書室中失去邏者廉知為一小吏所盗發其藏已費用一紙裹餘尚在也當送法司治罪公憐其貧且将得冠帶曰若置之法非惟壞此吏其妻子恐将失所遂釋之

提督徐州倉粮太監韋通嘗於柏山寺鑿井深數丈聞

錘下有聲鏗然得獨輪銅車一具其色緑如爪皮通
命磨洗視之上有識文云陸機造重三十鈞推之輪
轉而可行遂進於　朝時　憲宗方好古器物得之
甚喜受賞頗多成化乙巳歲也

丘閣老世史正綱唐德宗興元〻年書始賜有功將士
以功臣名號其目云所謂奉天定難功臣是也然其
所謂奉天者以地言也後世遂襲之以為奉天命失
初意矣今按五代及宋元固皆襲唐號若　本朝功
臣勳階雖有奉天翊衛等字然朝廷正殿正門皆名
奉天凡詔赦及封贈文武官誥勅起語皆曰奉天承
運其主意正謂天子奉承天命以治天下故事必稱
天非襲唐奉天之名也

弘治六年癸丑十二月三日之夕南京雷電交作次日大雪自是雪雨連陰浹月始晴考之周密野語記元至元庚寅正月二十九日未時電光繼以大雷雪下如傾是年二月三日春分又記客云春秋魯隱公九年三月即今之正月三國吳主孫亮太平二年二月晉安帝元興三年正月義熙六年正月皆有雷雪之異義熙以前云皆未攷至元庚寅密所親見也然皆在正二月今癸丑十二月六日大寒二十一日才立春尤異也

北方有蟲名蚰蜒狀類蜈蚣而細好入人耳聞之同寮張大器云人有蚰蜒入耳不能出初無所苦久之覺腦痛疑其入腦甚苦之而莫能為計也一日將午飯

枕案而睡適有雞肉一盤在旁夢中忽歕嚏覺有物
出鼻中視之乃蚰蜒在雞肉上自此腦痛不復作矣
又同寮蘇文簡在山海關時蚰蜒入其僕耳文簡知
雞能引出急炒雞置其耳旁少頃覺有聲鍧然乃此
蟲躍出也

熊去非嘗論孔廟諸賢位置大意謂四配中若復聖宗
聖述聖三公各有父在廡下揆之父子之分其心豈
安宜作寢殿以叔梁紇為主配以無繇子點伯魚孟
孫氏於禮為宜愚謂無繇子點伯魚三人祀之別室
當矣叔梁紇之為主亦無謂孟孫氏非聖賢之徒何
可與此〻尤迂繆之見也

鄉人嘗言野中夜見鬼火神火鬼火色青熒不動神火

色紅多飛越聚散不常蓋火為陽精物多有之世知木石有火而已如龍雷皆有火夏天久旱則空中有流火今謂之火殃是已海中夜亦見火肥貓暗中抹之則火星迸出壯夫梳髮亦然積油見日亦生火古戰塲有燐火魚鱗積地及積塩夜有火光但不發燄此蓋腐草生螢之類也

古人詩集中有哀輓哭悼之作大率施於交親之厚或企慕之深而其情不能已者不待人之請也今仕者有父母之喪輒徧求輓詩為冊士大夫亦勉強以副其意舉世同然也蓋卿大夫之喪有當為神道碑者有當為墓表者如內閣大臣三人一人請為神道一人請為葬誌餘一人恐其以為遺己也則以輓詩序

為請皆有重幣入贄且以為後會張本既有詩序則不能無詩於是而徧求詩章以成之亦有仕未通顯持此歸示其鄉人以為平昔見重於名人而人之愛敬其親如此以為不如是則於其親之喪有缺然矣於是人人務為此舉而不知其非所當急甚至江南銅臭之家與朝紳素不相識亦必夤緣所交投贄求輓受其贄者不問其人賢否漫爾應之銅臭者得此不但哀冊而已或刻石墓亭或刻板家塾有利其贄而厭其求者為活套詩若干首以備應付及其印行則彼此一律此其最可笑者也

今雲南廣西等處土官無嗣者妻女代職謂之母土官隨有譙國夫人冼氏高涼太守馮寶妻也其家累葉

為南越首領跨據山洞部落十餘萬家夫人在母家撫循部衆能行軍用師壓服諸越後以功致封爵此女土官事始但夫人父家有兄夫家有子與今不同耳

弘治癸丑五月薊州大風雷牛馬在野者多喪其首民家一產五子三男皆無首肢體蠢動二女臍下各有口眼啼則上下相應數日皆死

唐詩大家並稱李杜蓋自韓子已然矣或疑太白才氣豪邁落筆驚人子美固已服之又官翰林清切之地故每親附之杜詩後人始知愛重在當時若太白蓋以尋常目之故篇章所及多不酬荅今觀二公集中杜之於李或贈或寄或憶或懷或夢為詩頗多其散

見於他作如云李白斗酒詩百篇近來海内為長句汝與山東李白好南尋禹穴見李白道甫問訊今何如之類褒譽親厚之意不一而足及觀李之於杜惟沙丘城之寄魯郡東石門之送飯顆山之逢僅三章而已況沙丘石門略無褒譽親厚之詞而飯顆山前之作又涉譏誚此固不起後人之疑也嘗聞鄉老沈居竹云飯顆山天下本無此名白以甫窮餓寓言譏之未知然否

病霍亂者濃煎香薷湯冷飲之或掘地為坎汲井水於中取飲之亦可最忌飲熱湯熱米湯者必死

詩兼美刺寓勸懲先王之教也故有矢詩之典有采詩之官蓋將以知政治之得失風俗之美惡民生之休

戚以求有補於治未聞以詩而致禍者自後世教化不明邪佞希旨在上者懷猜忌之心在左右者肆讒賊之口於是乎詩禍作矣唐以詩賦取士故詩學之盛莫過於唐然當時詩人往往以國事入詠而朝廷亦不之禁可謂寬大矣但尊者之失亦所當諱而彼皆昧之何邪姑以易見者言之如三郎沈醉打毬囘號國夫人承主恩如何四紀爲天子不及盧家有莫愁是何美事而形之詠歌固已顯其君上之失矣至若薛王沈醉壽王醒之句雖前人嘗辨薛王蚤薨未嘗與貴妃同宴龍池然壽王之醒觸犯忌諱尤非臣子所忍言者使猜忌之君觀之寧不槩以賢人君子之爲詩皆敢於攻發君上陰私者邪故一有讒譖皆

信之不疑而傷害隨之矣予嘗謂後世詩禍實唐人有以貽之也

甲寅六月六日蘇州衛印紐熱炙手不可握吏以告衛官各親手握之始信乃以布裹而用之亦可異也

班孟堅漢書大抵沿襲史記至於季布蕭何袁盎張騫衛霍李廣等贊率因史記舊文稍增損之張騫贊即史記大宛傳後或有全用其語者前作後述其體當然至如司馬相如傳贊乃固所自為而史記乃全載其語而作太史公曰何邪又遷在武帝時雄生漢末安得謂揚雄以為靡麗之賦勸百而風一哉諸家註釋皆不及之又公孫弘傳在平帝元始中詔賜弘子孫爵徐廣註謂後人寫此以續卷後然則相如之贊亦後人勦入

而誤以為太史公無疑至若管仲傳云後百餘年有晏子孫武傳云後百餘歲有孫臏屈原傳云後百餘年有賈生皆以其近似類推之耳至於優孟傳云其後二百餘年秦有優旃而淳于髡傳亦云其後百餘年楚有優孟何邪殊不思優孟在楚莊王時淳于在齊威王時謂前百餘年楚有優孟可也今乃錯謬若此且先傳髡而後敘孟其次序曉然謂之非誤可乎此出齊東埜語常見元吳文正公　本朝王忠文公讀史記伯夷傳疑其不倫皆有所更定竊歎服前賢讀書精察如此近見此語又以歎公謹識見之明雖前代深於史學者亦未之覺也因記之與讀史者共焉

蔌園雜記卷十五

右菽園襍記一十五卷崑山陸文量先生所著也按有明三百年間朝野紀載不下千家然或失之誣或失之諛或失之鄙俗求如先生之文約詞微精簡詳覈者固不多得且凡帝德廟謨官箴吏道前言往行鄙婦孝子民風土俗山經海志藥性物理方言奇字靡不畢具王文恪公称其為譔述家第一洵乎出其右者尠矣余從友人

借得讀而喜之乃參互考訂正誤闕疑手寫一本以備時〻觀覽云歲在元黓敦牂夏五月朔柳胥尤壺培書